小王子

Le Petit Prince

〔法〕安托万·德·圣·埃克苏佩里——著
李玉民——译

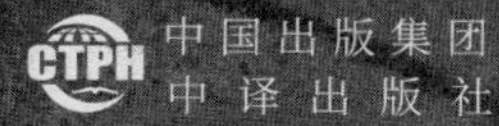

图书在版编目（CIP）数据

小王子 /（法）安托万·德·圣·埃克苏佩里著；李玉民译. --北京：中译出版社，2020.2

（基础教育阅读工程）

ISBN 978-7-5001-6208-7

Ⅰ. ①小… Ⅱ. ①安… ②李… Ⅲ. ①童话－法国现代 Ⅳ. ①I565.88

中国版本图书馆CIP数据核字（2020）第019891号

出版发行：中译出版社
地　　址：北京市西城区车公庄大街甲4号物华大厦6层
电　　话：（010）68359376；68359827（发行部）；68357328（编辑部）
传　　真：（010）68357870　　　　邮　　编：100044
电子邮箱：book@ctph.com.cn
网　　址：http: //www.ctph.com.cn

责任编辑：温晓芳
封面设计：曹柏光

排　　版：北京华夏墨香文化传媒有限公司
印　　刷：三河市东兴印刷有限公司
经　　销：新华书店

规　　格：880mm×1230mm　1/32
印　　张：4
字　　数：67千字
版　　次：2022年1月第1版
印　　次：2022年1月第1次

ISBN 978-7-5001-6208-7　　　　定价：32.00元

中　译　出　版　社

图书若有质量问题，请拨打以下电话进行调换。
电话：010-59625116

推荐序

一个人的阅读史就是他的心灵史、精神成长史。在资讯高度发达、网络和移动终端普及的今天，中小学生在繁重的课业之余，应该选择什么样的书阅读，如何让自己的精神世界更丰盈饱满，而不被繁重的课业搞得很焦虑，不被游戏、娱乐资讯等占用宝贵的时间，搞得身心疲惫，甚至偏离正常的生活轨道。这是摆在教育者、家长和学生面前的一道难题，解决之道便是读好书。

经典阅读在人的成长过程中的重要性怎么强调都不过分，前人有关这方面的论述很多，最知名的是培根的名言："读史使人明智，读诗使人灵秀，数学使人精密，哲理使人深刻，伦理学使人有修养，逻辑修辞之学使人善辩。"中国论读书的名言也很多，像"学而不思则罔，思而不学则殆"（《论语》），"读书破万卷，下笔如有神"（杜甫），"书到用时方恨少，事非经过不知难"（陆游），"数百年旧家无非积德，第一件好事还是读书"（张元济），等等，不胜枚举。

教育部新编语文教材在每个单元后都向中小学生推荐了阅读书目。2020 年 4 月 22 日，教育部在世界读书日这一天又发布了"中小学生阅读指导书目"。这些人类文化史上的经典是很多专家根据中小学生的身心特点而建构的知识体系，孩子们阅读这些经典作品后会受益终身。

中译出版社编辑出版的“基础教育阅读工程”丛书立意高远，收入了教育部发布的《中小学生阅读指导目录（2020年版）》中的很多经典著作，它是中译出版社多年积淀的宝贵精神财富。据我所知，中译出版社是一家以中外语言学习和中外文化交流为出版特色的出版社，数十年如一日，出版了大量国内外文学名著、社会科学经典著作、科普名作、名人传记等，是一家讲究出版品位的出版社。基于对出版社和这些作品的信任，我向广大中小学生推荐这套书。

是为序。

曹文轩

2020年12月

译本前言

结交小王子的启示

法国朋友克洛德·巴彦（Claude Payen）给我带来法文版《小王子》，他不免奇怪地问我，《小王子》在中国已经出了多种版本，为什么还要翻译。巴彦先生是英语教师，学习一年汉语，后靠自学而成为翻译家，在法国翻译出版了老舍的《二马》《老张的哲学》等多部小说。我常笑称他是翻译界的“奇迹”，也熟知他明知故问的习惯，往往就用“这是中国特色”的话来对付他。不过，他提到对《小王子》的两种看法，倒引起我的注意。他说在法国，《小王子》家喻户晓，人人都读过，但是对这个童话故事，却有两种大相径庭的评价。一些人认为，《小王子》虽已成为世界级的儿童文学名著，但同其他童话故事没什么两样，都是浅显易懂的儿童读物；另一些人则认为，《小王子》意蕴深远，发人深省，非寻常儿童读物可比。

两种观点，哪一种更接近实际，这对翻译至关重要：要用牛刀还是杀鸡刀？带着这疑虑通读全篇，心中便释然了。开篇的两个喻象：蟒蛇吞象平面图和蟒蛇吞象透视图，可以说就是这种疑虑的答案。明显是一幅正在消化腹中一头象的蟒蛇图，那些大人看了硬说是一顶普通的帽子。后来，狐狸告诉小王子的那个秘密："本质的东西，眼睛是看不到的，只能用心去观察"，就是这两幅图最好的说明文字，也是理解《小王子》深意的钥匙。

早年一个场景让我终生难忘，甚至对我的翻译，尤其是儿童文学的翻译，产生了不小的影响。一个人初次见到同事的孩子，似乎为了讨好，说话就嗲声嗲气，装出一副天真的样子。那孩子反倒不适应，脱口说了一句："叔叔说话怎么这样逗啊？"孩子天真，真实得可爱；而大人装天真，则虚假得可笑了。这种场景，在生活中并不罕见，甚至出现在儿童文学作品的创作和翻译中。故作天真，模仿幼稚的语气，这是翻译童话故事的常备心态，结果时常露怯，让孩子们见笑了。

有鉴于此，我在翻译中，生怕效颦，绝不敢故弄姿态，与其过分紧张，不如放松身心，忘掉自己，尽量去做当事人。这次做了一回小王子，感觉特别爽，在翻译过程中受了一次再教育。这是从何说起呢?

《小王子》不是一般意义上的儿童文学作品，作者就明确表示：《小王子》是“写给大人们看的童话故事”。这就奇了，童话故事从本义上讲，就是写给孩子看的，是为了教育孩子;《小王子》却相反，是写给大人的启蒙读物，是为了教育大人的。当然，儿童读了同样受益，不仅受益，还能从大人的荒唐行为中增强自信心。看看书中是怎么说的："那些大人真够呛，他们独自从来都什么也理解不了，总让小孩子没完没了地向他们解释……”这话多给孩子们提气啊!

这句话不啻一闷棍，在故事一开篇，就当头打到大人们的脑门儿上。故事的叙述者六岁时画的蟒蛇，成为他测量大人头脑的一块试金石，测试结果没有一个人合格。因此，他找不到一个人可以谈谈蟒蛇、原始森林，或者星星。后来他成为飞行员，生活一直很孤独，直到遇见小王子。

小王子离开他的星球，在太空旅行，拜访了好几个小行星，最后慕名来到地球，在撒哈拉大沙漠遇见故事的作者时，旅行持续将近一年了，可谓见多识广。但是，他同样没有遇见一个可以真正交谈的人，对他所接触过的那些大人，也只有一个评价，“他们都怪得很，怪得要命”。

大人都怪异到什么程度，小王子亲历亲见，举出了许多例证。他是个诚实的见证者，证言可信。他甚至觉得在沙漠结识的这个大朋友，考虑事情也难免沾染了大人的习气，可见他的判断不会受感情的支配，就更有可信度了。

小王子首先拜访了第325号小行星，上面只住着一位老国王。他自认为是全宇宙的君主，却没有一个臣仆，见到小王子好不得意，终于能在一个人面前称王了。他为了留住小王子，就封他为司法大臣，无人可审判就命他审判自己。小王子既不愿审判自己，也不愿意审判一只老耗子，不时判它一回死刑再赦免，因为那个星球难得有那么一只老鼠。

小王子拜访的第二个星球，住着一个酷爱虚荣者。他一望见小王子，便高喊来了一个崇拜者。在他的眼里，其他人都是仰慕他的人，除了赞美之声，他从来什么也听不见。他要求小王子鼓掌，他就挥帽子致意。鼓掌，挥帽，鼓掌，挥帽，这样反复演练了五分钟，如果不是小王子玩腻了，这个酷爱虚荣者倒希望永远进行下去。

小王子还先后拜访了一个酒鬼、一名商人、一个点路灯的人、一位地理学家。那个酒鬼终日喝酒，就是为了忘掉自己酗酒的羞愧。那个点灯人每分钟要点燃并熄灭一次路灯，只因他的星球自转加速，每分钟自转一周，而给他的指令却始终未变。那名商人更绝，终日统计核实天上星星的数目，写在纸条上存入银行，这便是他所拥有的财富了。真是无奇不有，每一章都是一段精彩的黑色幽默。遵照那位地理学家的指点，小王子最后来造访地球了。

小王子寻找地球上的人类，得到的头一个答案是："他们随风飘游。他们没有根，活得很累。"小王子登上高山，发出召唤，只得到"你好，你好，你好"，"你是谁，你是谁，你是谁"的一连串回音，于是得出结论："人都缺乏想象力，只会重复别人对他们讲的话……"不断往返奔驰的火车，让小王子对人生之旅产生这样的印象：人人都匆忙赶路，却不知道要寻找什么，他们在车厢里，不是打哈欠就是睡觉；只有孩子们脸贴着车窗，挤扁了鼻子向外张望，知道自己要寻找什么。

作者深知，那些大人特别喜爱和相信数字，因此在讲述小王子的故事过程中，为了照顾那些大人，有时不得已也用数字说话。譬如，小王子来自B612号小行星，他之后拜访了第325号至330号等六颗小行星。有这些数字，大人们就能相信小王子确有其人，相信小王子见到老国王、爱慕虚荣者那些人。大人迷信数字到何等程度，作者也举了小事例。譬如，你说新交了一个朋友，他们准会问你：“他几岁了？有几个兄弟？他父亲挣多少钱？”只有弄清了这些数字，他们才认为了解了这个人。再譬如，你怎么描述一座红砖房有多漂亮，那些大人也想象不出那座房子到底如何，但是只要说那房子价值十万法郎，他们就会立刻赞叹：“那可太漂亮啦!”

“大人们就是这种德行”，作者不止一次这样感叹。不过，他也明确表示：“对那些大人们小孩子要尽量宽容些。”宽容是教育之本。《小王子》用大量篇幅，宽容地讲述大人世界何等荒唐，归根结底还是为了启发教育大人。我认为译者，首先作为受教育者——大人世界的一员，感受到了作者的善意。他做到了自己所说的话：“我一向不喜欢板起面孔，拿出一副说教者的腔调。”

其实，无论小王子还是本书作者，并没有想到去教育谁。他们还在不断地认识事物，进行反思，看到大人世界的一些现象，只是感到诧异而不可理解，并且意识到不能走他们的老路。那些人都挤进快速火车的车厢里，却不知道去寻求什么；他们在花园里栽植五千株玫瑰，同样不知道要追求什么，就因为他们丧失了原有的智慧，忘记了当初认识的真理。

人类遗忘的真理中，很重要的一条就是apprivoiser。法文这个词原意为“驯养”（动物），在本书中则别有深意。小王子与狐狸的交往，是本书核心的部分，也是最精彩的篇章之一。小王子是跟他的那朵玫瑰花闹别扭，才离开他那星球的。他正暗自伤心，遇见一只狐狸，便提出一起玩耍。狐狸说他不是“驯养”的动物，不能跟人玩耍，希望小王子驯养他。小王子问他“驯养”是什么意思，狐狸给了一个全新的定义，说“驯养”就意味着“建立关系”。

“建立关系”是全新的定义，也许正合“驯

养”的古意。建立关系是个渐近的过程，毫无私念和功利之心，彼此逐渐接近，逐渐消除隔阂与防范心理，最终建立起亲密无间的关系。这种关系就没有“驯养”一词通常包含的主从之分，高低之别，只有体贴和尽心尽意呵护的责任。小王子和狐狸建立起了这样的关系：对小王子而言，这只狐狸就不同于千万只狐狸了；而在狐狸的眼里，小王子也有别于千千万万小男孩了。总之，他们彼此都成为世上唯一的了。

本书作者与小王子相处一周，自然也建立起了这种关系，他从小王子透露的经历中，受到了很多启发。小王子离开他那星球之后，无限思念并牵挂他那朵玫瑰花儿，终于明白那是他世间的唯一，无论他走到哪里，那朵花儿都是他的感情寄托与归宿。作者看到怀里睡着的小王子嘴唇泛起一丝笑意，不禁想道：“这个熟睡的小王子最让我感动的，就是他忠于一朵花儿；而那朵玫瑰的形象，即使在他睡觉的时候，也如一盏明灯照亮他的心田……”

作者讲述，他和小王子顶着星光，在沙漠中长途跋涉，于黎明时分发现了水井。他在辘轳的歌声中打上来井水，小王子闭上眼睛，像过节一般喝得那么甜美，经过一番努力喝到的井水，已非寻常食物可比，宛如一件礼物，能够滋润心田。

“滋润心田”“照亮心田”，这就是人生幸福的源泉。心灵黑暗的人、心灵干渴的人，也许在一朵玫瑰花上，在一点点水里，就可能找到他们所缺乏的东西。这就必须用心去观察，去发现，必须投入时间、精力和感情。然而可悲的是，“人类再也没有时间去认识什么了，他们只是去商店购买所需的成品”，无论对人还是对物，再也不肯花费时间和精力，更不用说投入感情了。他们只相信盲目的眼睛，只追求无限扩大的，也无比空虚的数字。

小王子告别的场面十分感人，更有启发意义。小王子同狐狸告别时，已经醒悟，懂得了人生的真谛。作者同小王子告别时，也完全醒悟了，人生总要珍视点什么：他同小王子结成的友谊，使他拥有了一个世界。诚如小王子所说：“以后你再遥望夜空的时候，由于我住在一颗星球上，由于我在那星球上发出笑声，那么在你看来，所有星星都满载笑意，你将拥有能欢笑的满天星星!”

我与《小王子》相处半月有余，首先解决了翻译的问题：无须用牛刀，也不用杀鸡刀，而是力求像庖丁解牛那样顺其自然，虽难做到“莫不中音”，也尽量应和小王子的天籁之声。

我说《小王子》是写给大人的启蒙读物，主要是因为书中讲述的故事，小王子所认识和发现的事物，大抵是人类早已丧失的智慧和遗忘的真理。至少对我来说，达到了启蒙的目的。早已过不惑之年的我，有时也不免疑惑起来。究其原因，就是疏忽了“驯养”的功夫，不是总能“用心去观察”。

我用心理解《小王子》，在翻译中投入了感情，因而，我和小王子也成了知交。我会十分珍视这份情谊，以后有机会离开都市的照明，再仰望夜空时，就不会像小时候那样觉得非常神秘，也不会像在农村五七干校的时候那样，感到特别迷茫，而是想到小王子正在一颗星球上笑着招手，于是望见“所有星星都绽放了花朵”，我也“将拥有能欢笑的满天星星”！

李玉民

目　录

献给　莱昂·维特

我这本书献给一个大人，还请所有孩子谅解。

首先，我有一个重要的情由：这个大人是我最好的朋友。还有一个情由：这个大人什么都能够理解，甚至理解为孩子写的书。我还有第三个情由：这个大人居住在法国，终日挨饿受冻，确实需要得到安慰。

所有这些情由如果还不够的话，那么这本书我倒很愿意献给这个大人成年之前的那个孩子。所有大人当初都是孩子（不过，很少人还记得这一点）。因此，我的献词就更改为：

献给童年时的莱昂·维特

第一章

六岁那年，有一次在一本名为《亲历的故事》、描写原始森林的书中，我看到一幅奇妙的插图，画的是一条大蟒蛇正吞食一只野兽。下图便是那幅插图的临摹。

书上这样写道：

“蟒蛇逮着猎物时，总是整个儿吞下去，并不咀嚼。吞下猎物之后，蟒蛇就动弹不了了，接下来要消化食物，一连休眠六个月。”

于是，对莽林中的种种奇遇，我思索了好久。随后我也拿起彩笔，画出我生来第一幅画，即我的绘画一号作品。图像如下：

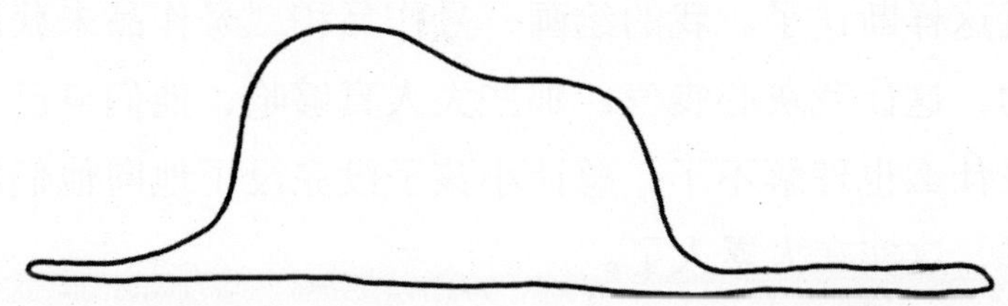

我把这幅杰作拿给大人们看，还问他们看我的画害怕不害怕。

他们却回答我说：

“一顶帽子，有什么可怕的？”

我画的根本不是帽子，而是正在消化腹中一头大象的蟒蛇。为了让那些大人看得懂，我就又画了一幅蟒蛇的透视图。没办法，那些大人不管碰到什么事儿，都需要人向他们解释。我的绘画二号作品图像如下：

大人们看了之后，都劝我别再画什么蟒蛇了，不管是平面图还是透视图，还是把兴趣放到地理、历史、算术和语法上。我当画家的美好前程，六岁那年就这样断送了。我的绘画一号作品和二号作品未获成功，这让我灰心丧气。那些大人真够呛，他们自己从来什么也理解不了，总让小孩子没完没了地向他们解释，这实在太累人了。

因此，我不得不另择一种职业，便学会了驾驶飞机。我差不多飞遍世界各地。而且地理，的的确确对我大有助益。我一眼就能辨认出，那是中国还是美国的亚利桑那州。万一夜间迷航，这种本领非常管用。

我在职业生涯中，同许多重要人物打过许多交道。我在大人中间生活了好多年，近距离观察他们，也并没有改善我对他们的看法。

我遇到的大人中，只要觉得哪个头脑还算清楚，就测试一下，拿出我一直保存的绘画一号作品，看看他是否真的能够理解。可是，每次我都得到同样的回答："这是一顶帽子。"

这样一来，我就不同他谈蟒蛇了，也不谈原始森林，更不谈什么星星了。我只能说点他能懂的，谈谈桥牌、高尔夫球、政治、领带什么的。结果，能结识我这样一个通情达理的人，那个大人非常高兴。

第二章

我生活就是这么孤独，没有遇见一个可以真正交谈的人。直到六年前，这种状况才有所改变。当时，我的飞机发生了故障，迫降在撒哈拉大沙漠。发动机里不知哪个部件毁坏了，而飞机上既没有机械师，也没有乘客。我独自一人，只好自己动手解决这个难题，设法排除故障。这对我是个生死攸关的大事。飞机上携带的饮用水，只够我维持一星期。

第一天夜晚，我就睡在远离任何人家的沙漠上。比起抓着小木筏漂流在大洋中的遇难者来，我更加孤立无援。因此，拂晓时分，我忽然被一种奇特的轻微声音弄醒，你们就可以想象，我有多么惊讶。那声音说道：

“劳驾……给我画一只绵羊吧！”

“什么！”

“给我画一只绵羊。”

我腾地一下子跳起来，就像被雷电击中了一样。我使劲揉了揉眼睛，仔细瞧了瞧，看到一个非同寻常的小家伙，正在那儿一本正经地注视着我。

请看，这就是后来我给他画的最好的一幅肖像。

我画的这幅肖像，当然远不如他本人那么帅气。这不能怪我。早在六岁那年，我当画家的前程，就让大人们给断送了。除了画过大蟒蛇的平面图和透视图之外，我就再也没有学画过任何别的东西。

我惊讶不已，瞪大了双眼，定睛瞧着这个神奇的不速之客。不要忘了，当时我身陷绝境、方圆千里没有人家。可是眼前这个小家伙，我看并不像迷了路：他不是累得要死，饿得要死，渴得要死，也不是吓得要死。他根本不像一个迷了路的小孩子，跑到千里之外没有人烟的大沙漠里。等我终于能够开口说话了，我就问他：

“怎么……你在这儿干什么呢？”

他还是重复原来的话，声音极轻，仿佛是说一件重大的事情：

“劳驾……给我画一只绵羊吧……”

神秘的东西，一旦产生极大的威慑力量，谁也不敢违抗。在这有生命危险、方圆千里没有人烟的地方，听到这样的请求，不管觉得多么荒唐可笑，我还是从衣兜里掏出一张纸和一支钢笔。可是我马上想起来，我主要学习地理、历史、算术和语法了，于是，我（颇不带好气儿地）对小家伙说，我不会画画。他就回答道：

“没关系。给我画一只绵羊吧。”

我从未画过羊，只画成了两幅画，便重新画出来一幅给他看，正是那幅蟒蛇平面图。我深感意外，听到小家伙这样回答我：

“不对！不对！我不要在蟒蛇肚子里的一头大象。一条蟒蛇，实在太危险了，而大象又太庞大，太占地方了。我的家乡非常小。我就需要一只绵羊。给我画一只绵羊吧。”

我只好画了一只羊。

他仔细瞧了又瞧，然后说道：

“不对！这只羊病得太厉害了。再给我画一只吧。”

我又画出来一只。

我的小朋友亲切地微微一笑，宽厚地说道：

“你瞧瞧……这不是绵羊，而是山羊，还有犄角呢……”

于是，我又重新画了一幅。

但是，同先前两幅一样，这一幅也被他否定了。

“这只羊太老了。我想要一只能长久活着的绵羊。”

我心里着急，要动手拆卸我的发动机，便失去了耐性，随便画了几笔，赶紧抛给他一句话：

“这是只箱子，你要的绵羊就装在箱子里面。”

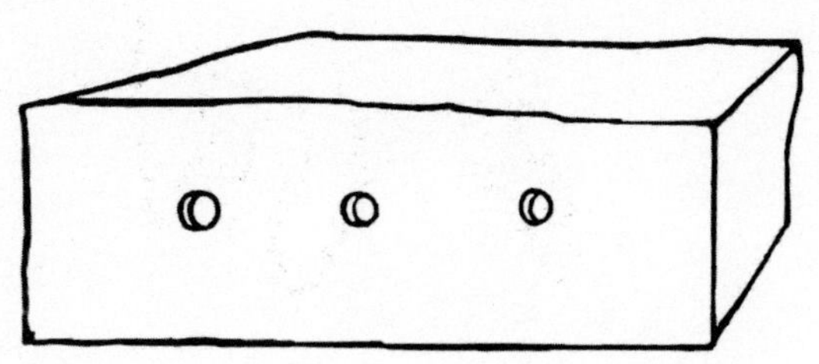

不料，我却吃惊地看到，我这位小鉴赏家面露欣喜，眉开眼笑了。他说道：

“这正是我想要的！你认为，这只绵羊要吃很多青草吗？”

“为什么这样问？”

“因为我的家园非常小。”

“那也肯定够了，我给你的是一只小小羊。”

他低下头看画，说道：

“也不是特别小……咦！小羊睡着了……”

就这样，我认识了小王子。

第三章

小王子来自何方，我费了好长时间才弄清楚。小王子向我提了许多问题，可是我问什么事儿，他似乎压根儿就听不见。还是他随意讲的只言片语，逐渐向我透露了他的全部身世。例如，我的飞机（我不会把我的飞机画出来，对我来说，画飞机太复杂了），他第一次见到时，就问我：

“这是个什么玩意儿啊？”

“这不是玩意儿，它能飞。这是一架飞机，是我的飞机。”

我还很自豪地告诉他，我能驾驶飞机飞行。他一听，就高声说道：

“怎么！你是从天上掉下来的？”

“是的。”我谦虚地承认。

“啊！这可真有意思！……”小王子随即咯咯笑起来，笑声清脆悦耳，可我听了却十分恼火。我是渴望别人能以严肃的态度对待我的不幸遭遇。

接着，他又补充一句：

"这么说，你也是天上来客！你是从哪个星球来的？"

我立刻瞥见一道亮光，能照亮他现身的秘密，于是突然发问：

"你是从另一个星球来的吧？"

他并不回答，只是注视我的飞机，轻轻地摇着头，说道：

"老实说，你乘坐这玩意儿，不可能来自特别遥

远的地方……”继而，他就沉浸在遐想之中，过了好一会儿，他又从口袋里掏出我给他画的那只绵羊，全神贯注地欣赏起他这个宝贝来。

你们想象得出，他那提到“别的星球”欲言又止的话，激起了我多么强烈的好奇心。因此，我要极力探个究竟：

“我的小家伙，你是从哪儿来的？‘你的家园’在哪儿？你要把我这只绵羊带到哪里去？”

他默默地沉思了片刻，才回答说：

“你捎带给我的这个箱子可真好，夜晚小绵羊就睡在里面。”

“当然了。你若是再乖一点儿，我还可以给你画一条绳子，白天好拴住小绵羊。还得画根木桩。”

小王子听了这个建议，似乎很反感：

“拴住小羊？多怪的念头！”

“可是，小羊不拴住，到处乱跑，就会跑丢的。”

我的小朋友又咯咯笑起来：

“你要让小羊跑哪儿去呀？”

“随便哪里，一直往前跑……”

于是，小王子非常严肃地指出：

“没关系，我的家园小极了！”

他的语气也许带着几分忧伤，又补充一句：

“小羊一直往前跑，也跑不了多远……”

第四章

我就是这样了解了第二个非常重要的事实：小王子居住的那个星球，比一幢房舍也大不了多少。

对此我并不感到十分奇怪，我早就知道地球、木星、火星、金星，都是命了名的大行星，此外还有成千上万别的星球，有的体积实在太小，用望远镜都难以观测到。天文学家一旦发现其中一颗，就给它一个编号作为名称，例如叫作：“325 号小行星”。

我有充分的理由认为，小王子来自“B612号小行星”。那颗小行星只在1909年，由一位土耳其天文学家用望远镜观察到一次。

于是，他在国际天文学的一次年会上，详细介绍了他的发现。然而，由于他一身土耳其装束，谁也不相信他的论证。大人们就是这种德行。B612号小行星得以扬名，还多亏了一个土耳其的独裁者，他严令土耳其臣民穿欧式服装，拒不执行者以死罪论处。那位土耳其天文学家换上一身非常华丽的西服，于1920年的年会上，再次论证他的发现。这一回，所有人都同意他的看法了。

我这样不厌其烦，向你们讲述有关 B612 号小行星的情况，透露它的编号，也是要照顾大人们。那些大人喜爱数字。譬如，你向他们提起新交了一个朋友，他们从来就问不到点子上。他们从来不会这样问你：“他的嗓音怎么样？他最爱玩儿什么游戏？他收集蝴蝶标本吗？”他们只会问你：“他几岁啦？有几个兄弟？他父亲挣多少钱？”只有弄清了这些数字，他们才认为了解了这个人。如果你对那些大人说：“我看见一座漂亮的红砖房，窗户上爬满了天竺葵，屋顶上落着鸽子……”他们就想象不出那座房子到底如何。必须对他们这样说：“我看见了一座房子，价值十万法郎。”他们马上就会高声赞叹：“那可太漂亮啦！”

同样，如果你对那些大人说：“小王子确有其人，他特别可爱，总好咯咯笑，他还要了一只小绵羊。当一个人想要一只羊，那就证明他是存在的。”他们听了就会耸耸肩膀，把你当成一个小孩子！反之，如果你对他们说：“他来自 B612 号小行星。”他们就会心悦诚服，不再拿他们那些问题来烦你了。大人们就是这种德行。对那些大人们，小孩子要尽量宽容一些。

自不待言，我们这些人懂得生活，才不理会那些编码呢！我倒特别愿意像讲童话故事那样讲小王子的故事。我倒愿意这样开头：

“从前，有一个小王子，居住在比他大不了多少的一个星球上，他需要交一个朋友……”在懂得生活的人看来，这样讲显得真实得多。

我不喜欢别人以轻率的态度来读我这本书。提起这些往事，我感到特别伤心。我那个小朋友带着他那小绵羊一道离去已有六个年头了。我在这里试图描述小王子，就是免得把他遗忘。忘记一位朋友，实在是件可悲的事。不是人人都能有个朋友的。况且将来，我也可能变得像那些大人，只对数字感兴趣了。也还是为了这个缘故，我买了一盒颜料和几支铅笔。我只是在六岁那年，画过一幅蟒蛇平面图和一幅蟒蛇透

视图，此外从未试过画别的东西，现在到了我这个年龄，再重新拿起画笔该有多么吃力啊！小王子的形貌，我当然要尽可能画得像些。不过能否如愿，我并没有完全的把握。一幅肖像还可以，另一幅就画得不像了。他的身材高矮，我也掌握不准。这幅画上，小王子太高大；在另一幅上，他又太矮小了。他的服饰颜色，我也往往犹豫不决。于是，我就边画边摸索，这样画画，那样画画，勉勉强强画出来。最后，还有一些更为重要的细节，我也可能要出错。不过，这一点大家还应当谅解我。那位小朋友从来就不解释什么，也许他认为我跟他一样。可是不幸得很，我不能透过盒子看见里面的绵羊。也许我有点像大人了。恐怕我是老了。

第五章

每天和小王子相处，我都能了解到一些情况，有的关于他那颗星球，有的则关于他如何起程，关于他的星际旅行。这是他思索时不经意流露出来，我一点一滴得到的。正是通过这样的途径，第三天头上，我了解到猴面包树的事件。

这一次，仍然得力于那只小绵羊。当时，小王子突然问我，仿佛萌生一个重大的疑虑：

“绵羊爱啃灌木，真是这样吧，对不对？”

“对，真是这样。”

“啊！那我真高兴！”

我不理解，绵羊啃灌木吃，为什么就那么重要。小王子紧接着又追问一句：

“因此，绵羊也啃猴面包树吃啦？”

我提示小王子注意，猴面包树可不是灌木，而是参天大树，有教堂那么高，就算他带回去一群大象，也休想啃掉一棵猴面包树。

一群大象这种想法，逗得小王子咯咯大笑：

“那还得把大象一头一头摞起来……”

不过，他又充满智慧地指出：

“猴面包树长成大树之前，开头也是小树苗呀。”

“这是千真万确的！可是，你为什么要让你的羊啃猴面包树苗呢？”

他回答说：“哎！瞧好吧！”就好像这是不言而喻的事情。可是，我必须绞尽脑汁，才独自想明白这个问题。

原来是这样：小王子那颗星球也同所有星球一

样，生长着有益的草木和有害的草木。因此，就存在有益草木的良种和有害草木的坏种。然而，种子是看不见的，都埋在土地里休眠。直到有一天，哪颗种子突发奇想醒来，伸伸懒腰，发出无害而美妙的小嫩芽，小心翼翼地去寻找阳光。如果是小红萝卜，或者玫瑰的幼苗，那就可以任其自然生长了。万一是一株有害的植物，一旦认出来，就应该立即拔掉。而在小王子那个星球上，恰恰就有特别可怕的种子……那就是猴面包树的种子。他那星球的土壤，饱受了那种树种的侵扰。如果下手太晚的话，一棵猴面包树一旦长起来，就永远也根除不掉了。它会霸占整个星球，根须将星球穿透。假如星球太小，而猴面包树又太多的话，那个星球就非得给撑爆了不可。

“凡事都得有个规矩，”后来小王子对我说道，“每天早晨梳洗完毕，就应该认真清扫星球。猴面包树和玫瑰刚发芽的阶段，十分相似，一旦辨认出猴面包树苗，就必须及时根除。这种劳动非常枯燥，倒也特别容易。”

有一天，小王子劝我以此为题，花点心思画一幅好图画，以便把这个道理灌输到地球孩子的脑子里。他对我这样说道：

“将来有一天他们去旅行，明白这个道理会有用处。自己的工作往后拖拉，有时候也没有多大关系。但是，对付猴面包树若是马虎了一点儿，那必定酿成大祸。我知道有那么一个星球，住着一个懒汉，他对三棵小树掉以轻心，结果……”

于是，我按照小王子的提示，画出了那个遭了大难的星球。我一向不喜欢板起面孔，拿出一副说教者的腔调。不过，猴面包树的危害性，我们几乎一无所知，而且，一个人若是迷失在一颗小行星上，所冒的风险特别巨大，因此，我破例改变一次慎言的态度。我要告诫大家：“孩子们！要警惕猴面包树啊！”

正是为了提醒我的朋友们，谨防一种早已擦着身边的危险，如我本人一样尚不了解，我才尽心尽力画这幅画。我以此为告诫，也值得花费力气。

你们也许会产生疑问：这本书里的其他插图，为什么都不如猴面包树图这样宏伟？答案很简单：我也试图画得宏伟些，但是没有成功。而我画猴面包树时，怀着特别急切的心情，自然出来了效果。

第六章

小王子啊，我就是这样一点一点，了解到你那小小的忧伤生活！你生活中很长一段时间，唯一的乐趣就是观赏落日温馨的霞光。我是在第四天的早上，得知这一新的细节，当时你对我说：

“我特别爱看落日。咱俩去看看落日。”

“那得等一等……”

“等什么呀？”

“等太阳西沉啊。”

你乍一听，那样子非常吃惊，接着又自己笑起来。然后，你对我说道：

“我总以为是在自己的家园呢！”

确实不一样。大家都知道，在美国是正午时分，在法国太阳就往下落了。要想观赏落日，必须用一分钟的工夫赶到法国才行。可惜美国离法国太遥远了。不过，你那星球小极了，只要挪动几步椅子就可以。因此，你想看随时都能看到落日……

“有一天，我看了四十三回落日呢！”

过了片刻，你又补充一句：

“要知道……人特别忧伤的时候，就爱看落日……”

“看四十三回落日那天，你真的特别忧伤吗？”

小王子没有回答这句问话。

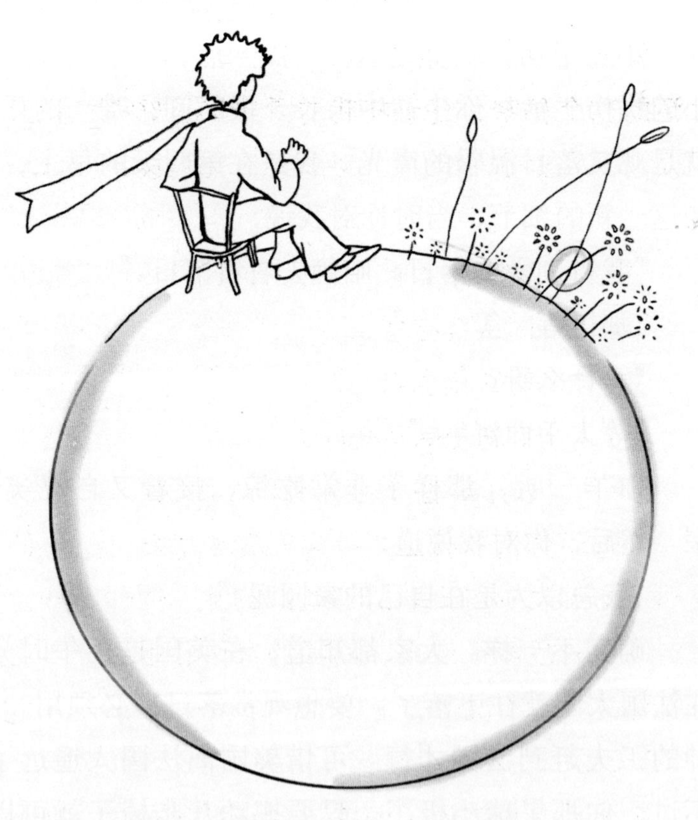

第七章

第五天头上，始终得力于那只小绵羊，小王子生活的这个秘密，终于向我透露出来。好像默默思索了很久，得出了什么结果似的，他突然没头没脑地问我：

“绵羊如果啃灌木吃，那它也吃花儿吧？”

“羊碰到什么就吃什么。”

“连带刺儿的花也吃吗？”

“对，连带刺儿的花也吃。”

“那么，长了那些刺儿，有什么用啊？”

我也不知道有什么用。当时我正忙着，想要卸下发动机上一颗拧得太紧的螺丝。我忧心忡忡，开始意识到飞机的故障很严重，而喝的水快要用尽，实在担心出现最糟的情况。

“长了那些刺儿，有什么用啊？”

小王子一旦提出了问题，就非要问到底，绝不放弃。我拧不下螺丝，正恼火得要命，就随口敷衍了一句：

“那些刺儿什么用也没有，纯粹是花儿恶意的体现！”

“哦！”

他沉默了片刻之后，又带着几分恼恨，向我发难：

“你这话我不信！鲜花都是娇弱的。花儿也太天真了，总是尽可能给自己吃颗定心丸，自以为长了刺儿就没谁敢惹了……”

我没有应声。当时我正在心里嘀咕：

“这颗螺丝如果还拧不下来，我就干脆一锤子把它打飞了。”

小王子再次打乱了我的思路：

“你怎么样，真以为花儿……”

“得啦！得啦！我什么也不以为！刚才我是随口说一句。我正忙着呢，有要紧的事！”

小王子愕然地注视我。

“要紧的事！”

他看见我手上拿把锤子，手指沾满了油污，正俯身面对一件他一定觉得很丑陋的物品。

“你这样说话真像那些大人了！”

他这话让我有点羞愧。但是他毫不留情，紧接着又补充一句：

“什么你都混淆了……什么你都搅在一起！”

他真的非常恼火，在风中乱晃着他那头金发，

说道：

“我就知道一颗星球上，住着一位红脸膛的先生。他从来没有闻过一朵花，从来没有望过一颗星星，从来没有爱过任何人。他除了做加法之外，从来就没有干过别的事情。他也跟你一样，整天重复这句话：‘我是个严肃认真的人！我是个严肃认真的人！’这让他充满了自豪感。然而，那不是个人，而是一株蘑菇！”

“一株什么？”

“一株蘑菇！”

这工夫，小王子已经气得脸色煞白了。

“几百万年以来，花儿就长刺儿。几百万年以来，羊儿还是照样吃花儿。花儿费了那么大劲儿，长出了从来就毫无用处的刺儿，弄清楚这是为什么，不是很严肃的事情吗？羊儿和花儿之间的战争，不是很重要的事情吗？难道这不比那个红脸膛的胖先生的数字更严肃、更重要吗？再说了，假如世界上有一种独一无二的花儿，只生长在我那个星球上，任何别的地方都见不到，而说不定哪天早晨，一只小绵羊糊里糊涂，一口就可能将花儿毁掉，我要弄清楚这件事儿，不是很重要吗？”

小王子脸都涨红了，接着说道：

“在亿万颗星球之间，只有一朵那样的花儿，如果有谁喜爱的话，他望着繁星，就会感到非常幸福了。他会自言自语：‘我的那朵花儿，就在那里，在某一颗星球上……’可是，如果羊儿吃了那朵花儿，这对那个人来说，就无异于顷刻间所有星辰都熄灭了！这样的事，难道不重要吗？”

他失声痛哭，再也说不下去了。

夜幕降临了。我把工具都丢在一边，什么锤子，什么螺丝钉，还有面临的饥渴和死亡，统统都抛在脑后了。在一颗星球上，即在我这个地球上，有一个小王子，需要有人安慰啊！我一把将他抱在怀里，轻轻地摇着，对他说道：

“你喜爱的那朵花儿没有危险……我再给你那只小羊画一副嘴套，给你的花儿画一副盔甲……我再……”

我实在不知道该如何安慰他了，只觉得自己的嘴太笨了。我不知道怎样才能触动他的心扉，到哪儿追寻他的情思……眼泪的国度，简直太神秘了！

第八章

小王子所讲的那种花儿，我很快就有了进一步了解。在小王子那颗小行星上，始终长着极素气的单瓣花儿，不占多大地方，也不打扰任何人。那些花儿清晨在草丛中开放，晚上就凋谢了。而他的那朵花儿，不知是从哪里吹来的种子发芽生长的，小王子曾经密切地观察，发现那株幼苗与众不同，一度怀疑是猴面包树的一个变种。

但是没过多久，这株小植物就停止生长，开始孕育花朵了。小王子目睹一个硕大的花蕾长出来，预感到会绽放出一朵奇葩。然而，那朵花儿总躲在绿色闺房里，没完没了地打扮自己。她精心挑选服饰的颜色，从容不迫地穿戴，一一校准自己的花瓣儿。她不愿意像丽春花儿那样穿出皱巴巴的衣裙，而要一出世就光艳照人，美不胜收。

嗯！是的。她娇媚极了！她那神奇的装束，可是连续进行了多少天又多少天。终于，在一天清晨，恰好在日出时分，她展露了自己的花容。

而她呢，经过如此精心的打扮之后，她走出闺房，还打着哈欠说道：

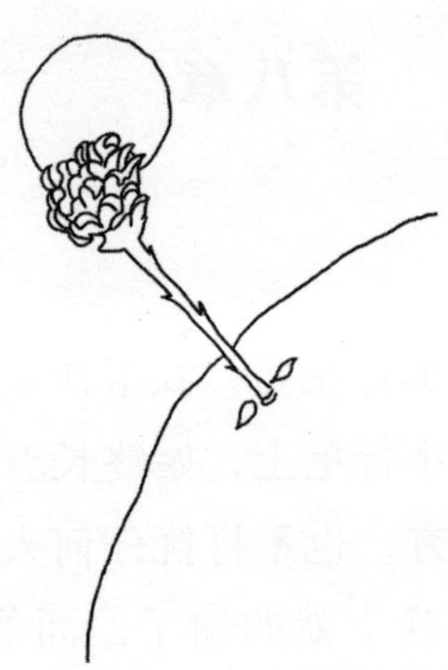

“噢！人家刚睡醒……请您原谅……还没有梳洗打扮呢……”

可是，小王子却情不自禁地赞美道：

“您真美啊！”

“是不是呀，”花儿柔声地回答，“我可是跟太阳同时诞生的……”

小王子看得出来，这花儿不大谦虚，不过，她太妩媚动人了！

“我想，这是该用早餐的时间了，”花儿紧接着补充道，“您是否费心想到我……”

小王子听了，十分惭愧，赶紧去提来一喷壶清水，给花儿浇浇。

花儿就是这样，特别爱虚荣，又有点爱耍小性子，她很快就折磨起小王子。有一天，她提起身上长

的四根刺儿时，对小王子说道：

“那些老虎，张牙舞爪，要来就尽管来吧！”

“我这星球上没有老虎，”小王子指出，“再说了，老虎也不吃草。”

“我也不是一株草呀。”花儿柔声细语地回答。

“请您原谅……”

“我根本就不怕老虎，倒是特别恐惧穿堂风。您有没有屏风啊？”

“恐惧穿堂风……对于一株植物来说，可不是一

件好事儿，”小王子早就注意到了，“这株花儿真让人难以理解……”

“到了晚上，”花儿又说道，“您就用罩子把我罩起来，您这地方太冷，在这里生活真不舒服。要说我原来的那个地方……”

花儿戛然打住了话头。其实，她来的时候，不过是一粒花籽儿，根本不可能了解别的世界。本来要编造一个如此天真幼稚的谎言，一时又说漏了嘴，她不免羞愧，就赶紧干咳了两三声，以便向小王子掩饰她的失误，又连忙问一声：

“屏风在哪里？”

“我正要去找呢，您这不是还跟我说话嘛！”

这时，花儿又使劲咳嗽几声，总得让小王子感到点内疚。

这样一来，小王子尽管爱花儿，心存良好的愿望，也很快就产生了怀疑。本来是无关紧要的话，他也全当真了，结果弄得痛苦不堪。

“当时我就不该倾听她那些话，”有一天，小王子向我交心，“永远也不要听花儿说什么，只需观赏，闻着花香就行了。我的那朵花儿，芳香弥漫我的星球，我却不懂得享受。花儿讲老虎张牙舞爪的那种闲话，我听了本来应该萌生怜悯之心，反而却恼火得要命……”

小王子还向我吐露心声：

“那时候，我一点儿也不善解人意！我本应该根据行为，而不是根据话语来评价花儿。花儿给我的生活带来芳香，带来光彩。我绝不应该逃离！我早就应该猜到，她那种小伎俩的背后，掩藏着她的温情。花儿总是那么自相矛盾！可是，我那时太年轻，还不知道该如何去爱她。”

第九章

想必小王子是借助于一次候鸟迁徙，从他的家园出走的。

临行的那天早晨，他将自己的星球整理得井井有条，仔细清扫了他那些活火山的喷发口。他拥有两座活火山，每天早晨做饭特别方便。他还有一座死火山，不过，正如他所讲的：“会不会再喷发，很难说

他仔细清扫了他那些活火山的喷发口

呀！”死火山的喷发口，他也给清理通畅了。火山口保持通畅，火山就会缓慢地、均匀地燃烧，而不至于突然大爆发。火山爆发就跟我们炉膛里的火差不多。不过，在地球上，我们人类显然个头儿太小，清扫不了火山口。这就是为什么火山喷发给我们造成许多麻烦。

小王子也拔掉了新冒出来的猴面包树小苗，干活的过程中，他还有几分忧伤，以为自己一去不复返了。不过，临行那天早晨，他干这些家务活，每件都感到无比亲切。他最后一次给他那花儿浇了水，再准备给她罩上时，他发现自己真想痛哭一场。

“别了。”小王子对花儿说道。

可是，花儿没有应声。

“别了。”小王子重复说道。

花儿咳嗽两声，但不是由于伤风感冒。

“这阵子我真愚蠢，”她终于对小王子说道，“请你原谅。但愿你能幸福。”

花儿没有责备，小王子倒深感诧异。他手上的罩子举在半空，愣愣地站在那里，不理解花儿何以这样和蔼，这样平静。

“其实嘛，我爱你，”花儿向他坦露，“可是，由于我的过错，你丝毫也不了解我的心意。现在说这话，已经毫无意义。不过，你也同我一样傻。但愿你能幸福……这个玻璃罩丢到一边去吧，我再也用不着了。”

“可是，一刮起风来……”

“我并不那么弱不禁风……夜晚的凉风对我倒有益处。好赖我是一朵花儿呀。”

“还有昆虫野兽……”

“我想认识蝴蝶，总得忍受两三条毛毛虫的骚扰。蝴蝶似乎非常美丽。没有蝴蝶，还有谁来看我呀？你嘛，你要远远离开了。至于那些大野兽，我才不怕呢。我也有利爪。”

花儿说着，天真地伸出她那四根尖刺儿。随后，她又补充道：

“别这样拖拖拉拉的了，太烦人了。你既然决定走，那就快走吧。”

花儿催小王子动身，是不愿意让他看到自己流泪。她这朵花儿，高傲到了极点。

第十章

小王子进入了第 325 号、326 号、327 号、328 号、329 号和 330 号小行星群的区域，逐一拜访，一方面想找点事儿干，另一方面也想长长见识。

第一颗小行星住着一位国王，身穿白貂皮大紫袍，端坐在非常简陋又不失威严的宝座上。

“哦！来了一个子民！”国王一望见小王子，便高声说道。

小王子则心中暗道：

“他从来就没有见过我，怎么会认识我呢？”

小王子哪里知道，在那些国王眼里，世界非常简化了，所有人都是他们的子民。

“你走近前来，让我好好看看。”国王吩咐道，他好不得意，终于能在一个人面前称王了。

小王子举目四望，想找个地方坐坐，可是，国王那件华丽的貂皮大紫袍，将整个星球都占满了。小王子只好原地站着，他旅途疲劳，就打起哈欠。

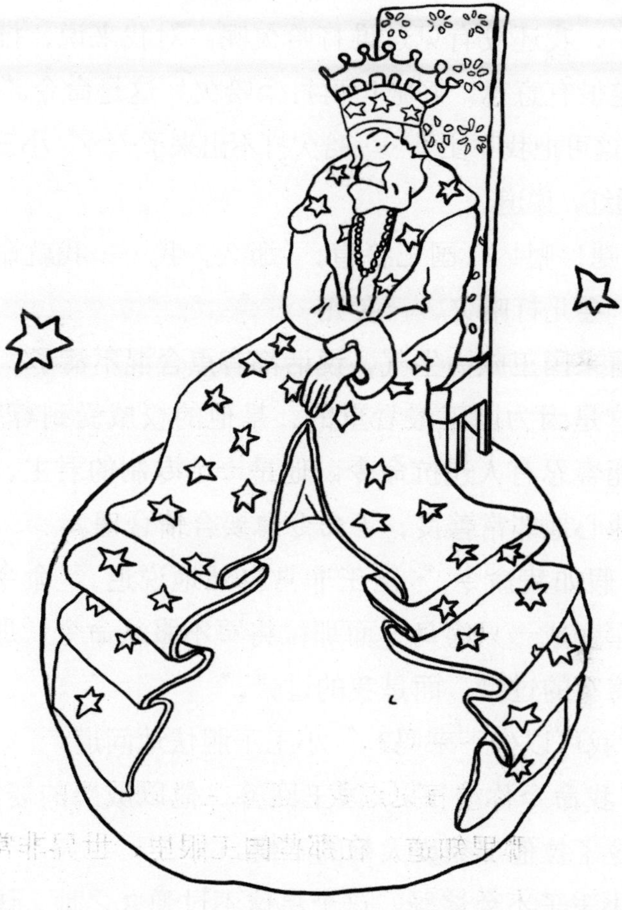

“在国王面前打哈欠，有违宫廷礼仪。”那位君主说道，“我禁止你打哈欠。”

“我实在控制不住，”小王子十分惭愧地回答，“我长途旅行来到这里，还没有合过眼呢……”

“那好，”国王对他说道，“我命令你打哈欠。多少年了，我还没有见过谁打哈欠呢。对我来说，打哈欠一定很有意思。好吧！再打个哈欠！这是命令。”

“这可把我吓住了……哈欠打不出来了……”小王子满脸通红，说道。

“嗯！嗯！”国王答道，“那么，我……我就命令你，一会儿打哈欠，一会儿……”

看来国王颇为生气，说话都有点含混不清了。

这是因为国王最看重的，是他的权威受到尊重，他不能容忍有人违抗命令。他是一个专制的君主，不过，他心地非常善良，下命令总要合情合理。

“假如我命令，”国王非常自然地说道，“命令一位将军变成一只海鸟，而那位将军不服从命令，那就不是将军的过错，而是我的过错。”

“我可以坐下来吗？”小王子胆怯地问道。

“我命令你坐下。”国王回答，他以威严的姿势，往回拉了拉他那貂皮大袍的下摆。

小王子不免诧异。这个星球不过弹丸之地，国王能统治什么呢？“陛下，”小王子对他说道，“对不起，我想问一问……”

“我命令你问寡人。”国王赶紧说道。

“请问陛下……您统治什么呢？”

“统治一切。”国王干脆地回答。

"一切?"

国王审慎地打了个手势，指了指他的星球、其他星球和天空的繁星。

"统治所有这一切? "小王子问道。

"所有这一切。"国王回答。

如此看来，他就不仅仅是一国的专制君主，还是全宇宙的君王。

"那些星辰都服从您吗? "

"当然了，"国王说道，"他们立刻就得服从。我绝不容忍令不行、禁不止。"

这么大的权力让小王子惊叹不已。他本人若是掌握了这样的权力，那么在同一天里，他就不止能看到四十四次日落，而是能看上七十二次，甚至一百次、两百次，连座椅都不用挪一挪！现在念起他离弃的那颗小小星球，小王子还真感到有些伤心。于是，他就壮着胆子，请求国王一个恩典：

"我希望观赏一次日落……请您恩准……命令太阳落下去……"

"假如我命令一位将军像蝴蝶那样，从一朵花飞到另一朵花上，或者命令他写出一部悲剧，或者命令他变成一只海鸟，而那位将军拒不执行命令，那么他的过错，是谁造成的，是他还是我呢? "

"恐怕是您造成的。"小王子斩钉截铁地回答。

“一点不错，必须要求每个人去做他力所能及的事情。”国王接着说道，“权威，首先要建立在理性的基础上。假如你命令自己的百姓去跳海，那么他们就会起来革命。我下的命令是合乎情理的，因此才有权要求大家服从。”

“那么，我希望看到的日落呢？”小王子提醒说，他一旦提出一个问题，不得到答复绝不会忘记。

“你希望看日落，肯定能看到。我会对太阳提出要求。不过，我自有统治的技巧，要等到条件有利时再下命令。”

“那要等到什么时候呢？”小王子又问道。

“嗯！嗯！”国王一边答应着，一边查阅一大部日历，“嗯！嗯！大约……大约……今天晚上七点四十分！到那时候你就会看到，我的命令完全得到执行。”

小王子打了个哈欠。日落是看不到了，他不免有点遗憾。而且，他在这里也已经颇感无聊了。

“我在这里没有什么事可干了，”小王子对国王说，“我要重新上路了！”

“不要走啊，”国王有了一个子民，正得意非凡，便赶紧说道，“不要走，我封你当大臣！”

“什么大臣？”

“就是……司法大臣！”

“可是，审判谁，没有人呀！”

“也难说，”国王则说道，“我还没有巡视我的王国呢。我年事已高，这里又没有地方停靠马车，要我走路又太累了。”

“哎！我已经看过了，”小王子说道，俯下身去，又望了一眼星球的另一侧，那边也没有一个人啊……

“那你就自己审判自己吧，”国王回答，“这才是最难的事呢。评价自己，总要比评价别人难得多。正确地评价自己，假如你能做到，那你就是一个真正的智者了。”

“我嘛，”小王子答道，“我在什么地方都可以审视自己，没有必要住在这里。”

“嗯！嗯！”国王又说道，“我确信有一只老耗子，躲在我这星球的某个地方。夜间我听见它的动静。你可以审判那只老耗子，隔一段时间就判它一回死刑。这样，它的性命就由你的审判来主宰了。不过，你每回判它死刑，还必须赦免。这个星球只有这么一只。”

“我嘛，”小王子回答，“我可不爱判处谁死刑，看来我非走不可了。”

“不能走。”国王说道。

小王子已经做好了出发的准备，但他一点也不愿意惹老国王伤心，便说道：

“陛下如果希望令行禁止，那就给我下一道合理的命令。比方说，陛下可以命令我一分钟之内必须起程。下这道命令，我觉得现在条件非常有利……”

国王没有应声，小王子犹豫片刻，最后叹了口气，抬脚走了……

“我派你去当大使！”国王急忙高声说道。

国王下令时神气十足，真是无比威严。

“那些大人真是怪得很！”小王子走在路上，不禁自言自语。

第十一章

第二颗星球上，住着一个酷爱虚荣的人。

“哈！哈！一个崇拜者来拜访啦！”这个酷爱虚荣者远远望见小王子，便高声嚷道。

要知道，在那些虚荣心强烈的自负者眼里，其他人都是仰慕者。

“您好，”小王子上前打招呼，“您这顶帽子可真好玩。”

“这是用来回礼的，”自负者回答说，“有人向我欢呼的时候，我就挥挥帽子还礼。只可惜，还没有一个人从这里经过。”

“是吗？”小王子说道，他一时还没有弄明白。

“你两只手掌相互拍击。”自负者提议道。

小王子照办了，开始鼓掌。自负者挥动帽子，谦虚地还礼。

“这可比拜访那位国王开心多了。”小王子心中暗道。于是，他又开始鼓起掌来，而那位酷爱虚荣者又是摘帽还礼。

这样玩闹了五分钟之后，小王子开始厌腻了这种单调的游戏。

“要怎么样，才能让这顶帽子掉下去呢？”小王子问道。

这个自负者哪里听得见。凡是酷爱虚荣者，除了赞美之声，从来什么也听不见。

“你真的非常崇拜我吗？”他问小王子。

“崇拜是什么意思呀？”

“崇拜，就意味着承认我是这个星球上最英俊、服装最华丽、最富有、最聪明的人。”

“可是，你这星球上只有你一个人啊！”

“劳驾，照顾一下，你还是崇拜崇拜我吧！”

“我崇拜你，”小王子说着，耸了耸肩膀，“这算什么，能让你这么看重呢？”

说罢，小王子便走掉了。

“没治了，大人就是这么怪异。”小王子在旅途中，心里只是这样想道。

第十二章

下一个星球上住着一个酒鬼。这次短暂的拜访，却让小王子深深陷入极大的忧伤中。

“你那是干什么呢？”小王子问酒鬼。他看到那人默默无言，坐在那里，面对一堆喝空的酒瓶和一堆没有开启的酒瓶。

“我在喝酒呢！”酒鬼答道，脸上一副凄惨的神态。

“为什么要喝酒啊？”小王子又问道。

“为了忘却。”酒鬼回答。

“忘却什么？”小王子心生怜悯，接着问道。

“忘却我感到羞愧。”酒鬼低下头，如实承认。

“羞愧什么？”小王子追问道，想帮他摆脱这种状态。

“羞愧喝酒！”酒鬼讲完这句话，就自我封闭起来，完全缄默了。

小王子只好离去，心中疑惑重重。

“毫无疑问，大人都怪得很，怪得要命。”小王子在旅行中，心里常这样念叨。

第十三章

第四颗星球的居民是个商人。这个商人忙忙碌碌，当小王子到来时，他都无暇抬头看一眼。

“您好，”小王子向他打招呼，“您的香烟熄灭了。”

“三加二等于五。五加七，十二。十二加三，十五。你好。十五加七，二十二。二十二加六，二十八。没工夫再把烟点着了。二十六加五，三十一。好家伙！总共是五亿零一百六十二万两千七百三十一。”

“五亿什么？”

“哦？你怎么还在这儿？五亿零一百万……下面又弄不清了……我的业务太繁重了！我呀，可是个严肃认真的人，根本没有闲心说废话！二加五等于七……”

“五亿零一百万什么呀？”小王子重复问道，他一旦提出问题，就非要问到底，从来不放弃。

那商人终于抬起头，说道：

“我住到这个星球上有五十四年了，这中间只被打扰过三次。第一次，还是二十二年前，天晓得从哪儿飞来一只金龟子，嗡嗡嗡，喧闹得厉害，吵得我在

一项加法中出了四个错。第二次是在十一年前，我得了风湿痛，是因为缺少体育活动，我哪儿有时间闲逛呢。我这个人，就是认真负责。第三次……就是这会儿！我说到总共五亿一百万……”

“拥有星星能让我变得很富有”

“零一百万什么呀？”

这个商人这才明白，他不回答就休想清静，便说道：

“就是那些小东西，望望天空就看得见。”

“是苍蝇吗？”

“不对，是闪闪发亮的小东西。”

“是蜜蜂吗？”

“不对。是金光闪闪的小东西，这些小东西能引起那些懒惰的人胡思乱想。不过，我可是个严肃认真的人！我哪儿有闲工夫胡思乱想。”

“哦！是星星吧？”

“说对了，正是星星。”

“五亿颗星星，你拿来干什么呀？”

“是五亿零一百六十二万两千七百三十一颗星星。我是个严肃认真的人，干什么都讲究准确。”

“这么多星星，你拿来干什么呀？”

“我拿来干什么？”

“是啊。”

“什么也不干。我拥有这些星星。”

“你拥有这些星星？”

“对。”

“可是，我见到过一位国王，他就……”

“那些国王并不拥有，他们是统治。这两者差别大着呢。”

“你拥有这些星星，究竟有什么用啊？”

“有用，拥有星星能让我变得很富有。”

“要那么富有干什么呀？”

“再购买别的星星，如果有人新发现星球的话。”

小王子不免在心里嘀咕：

“这个人啊，说起事儿来，就跟那个酒鬼差不多了。”

但是，他还是问这问那：

“怎么能拥有这些星星呢？”

“你说它们归谁所有呢？”脾气暴躁的商人反问道。

“我不知道。不归任何人所有。”

“那就归我所有了，因为，我是头一个想到占有的。”

“这样就行了吗？”

“当然了。你发现一颗钻石，如果无主，那就是你的了。你发现一个岛，如果无主，那就归你了。你若是头一个萌生一个创意，就去申请专利，这个创意就归你专有了。我呢，我拥有这些星星，因为在我之前，从来就没有人想到要占有这些星星。”

“确实如此。”小王子说道，“那么，你拥有星星干什么呢？”

“我来管理呀。我要计算，然后再核算，”商人答道，“这个很难做呀。但我是个严肃认真的人！”

听了这样的回答，小王子仍然不满意。

“如果是我，有一条围巾，我就围在脖子上，走到哪儿都围着。如果是我，有一朵鲜花，我就摘下来，插在胸前，走到哪儿都戴着。可是你呢，不可能上天去摘星星呀！”

“那是不可能，但是我可以存入银行。”

“这是什么意思？”

“这就是说，我用一张纸条，写下我那些星星的总数。然后，我就把这张纸条锁在银行保险柜的一个抽屉里。”

“这就完了？”

“这就够了！”

“真有意思，”小王子心中暗道，“这种行为还蛮有诗意的。然而，这实在不够严肃正经。”

什么是严肃正经的事儿，小王子的看法同大人的看法相去甚远。

“我呀，”小王子又说道，“我拥有一株花儿，我每天都给她浇水。我还拥有三座火山，每周我都通通喷发口。其中一座死火山，我也照样保持火山口通畅，以防万一呀。我拥有火山，对那些火山也有用；我拥有那朵花儿，对那朵花儿也有用。可是你呢，对那些星星根本没用……”

商人张口结舌，一时无言以对。于是，小王子便扬长而去。

“大人们真绝了，都那么非同凡响。”小王子走在旅途上，只是这样想道。

第十四章

第五颗星球特别有意思，是所有星球中最小的一颗，刚好容得下一盏路灯和一名点路灯的人。

小王子实在无法理解，在浩瀚的太空中，一颗小小星球，既没有房舍又没有居民，偏偏立了一盏路灯，派一名点灯人，究竟有什么用呢？不过，他还是这样自说自话：

“这个点灯人，很可能是个荒唐的家伙，但是还不如那位国王、那个酷爱虚荣的人、那个商人、那个酒鬼那么荒唐。至少，他这工作还有点意义。他点亮这盏路灯，就好像多亏了他，又诞生一颗星星，或者诞生一朵花儿。他熄灭了这盏路灯，又好像让花儿或者星星入睡了。这件工作挺了不起，既然了不起，就确实有用处。”

小王子到达这个星球时，非常有礼貌地向点灯人问好：

“早上好。你刚把路灯熄灭了，为什么呀？”

“这是指令，”点灯人回答，“早上好。”

“什么是指令啊？”

“就是指示我熄灭路灯。”点灯人又说了一声，“晚上好。”

他说着，又把路灯点亮了。

“你怎么又把路灯点亮了？”

“这是指令。”点灯人回答。

“我不明白。”小王子说道。

“其中没有什么要弄明白的，”点灯人说道，“指令就是指令。早上好。”

他说着，又熄灭了路灯。

接着，他拿出一块红方格手帕，擦拭额头的汗。

“这活儿能把人累死。从前还说得过去：早晨熄灯，晚上点灯；余下的时间，白天我放松、消遣，夜晚我就睡觉。”

“后来呢，指令就变了吗？”

“指令倒是没有变，”点灯人答道，“事情糟就糟在这上面。这颗星球自转一年比一年快，而指令却没有相应改变！”

“那又怎么样？”小王子问道。

“现在可倒好，每分钟自转一周，我连一秒钟喘息的时间都没有了。每分钟，我就得点一次灯，紧接着再熄灭！”

“这也太逗乐啦！你这里，一天仅仅持续一分钟！”

“这一点也不逗乐，”点灯人说，“我们说话这工夫，就已经过去了一个月！”

“一个月啦？”

“对。三十分钟。正好三十天。晚上好。”

点灯人说着，重又点亮路灯。

小王子瞧了瞧点灯人，觉得他一丝不苟，完全忠于指令，心里倒喜欢上这个人了。回想他自己从前拖着椅子追赶落日的情景，于是，他就想帮帮眼前这位朋友。

“要知道……我了解一种办法，能让你想停歇就停歇……”

“我总是想停歇。”点灯人说道。

一个人有可能既忠于职守，又很懒惰。

小王子接着说道：

“你的星球这么小，三大步就能环绕一周。你只要走慢一点儿，就总能照着太阳。你要休息的时候，就这么走……那么一天时间，你要多长就有多长。”

“这也解决不了我多大问题，”点灯人回答，“我在生活中，还是喜欢睡觉。”

“睡觉可没有机会了。”小王子说道。

“真没有机会了，”点灯人说道，“早上好。”

他说着，又熄灭了路灯。

小王子又继续赶路，旅途中不由得想道：

“这个点灯人，可能让其他所有人，让那位国王、那个自负者、那个酒鬼、那个商人瞧不起。但是在我看来，唯独这个点灯人不那么愚蠢可笑。这也许是因为他不是为自己而忙碌。”

小王子叹了口气，心中颇感遗憾，接着又想道：

“唯独这个点灯人，我还可能跟他交个朋友。可惜他的星球实在太小，容不下两个人……”

其实，小王子没有勇气承认，他离开那个令人赞美的星球，遗憾的主要原因，还是那里每二十四小时，就有一千四百四十次日落！

第十五章

第六颗星球比前一颗要大上十倍，上面住着一位老先生，他正在撰写大部头的书。

“咦！来了一个探险家！”老先生一望见小王子，便高声说道。

小王子坐到桌子上，稍微喘口气，他长途跋涉，已经走了很久！

“你从哪儿来？”老先生问道。

“这么一大厚本，是什么书啊？”小王子问道，“您在这里干什么呢？”

“我是地理学家。”老先生答道。

“地理学家是干什么的？”

“是学者，知道海洋江河的位置，知道城市、山脉和沙漠的位置。”

“这倒很有意思，”小王子说道，“总算见到一种真正的职业！”

小王子四面望望，了解一下地理学家的这个星球。他所见到的星球，还没有一颗如此壮美。

“您这星球真美呀！这里有海洋吗？”

“我不得而知。”地理学家回答。

“啊！”小王子不免失望，又问道，“那么有山脉吗？”

“我不得而知。”地理学家同样回答。

“那么有城市，有河流，有沙漠吗？”

“我也不得而知。”地理学家还是照样回答。

“可您是地理学家呀！”

“一点不错，”地理学家答道，“但我不是探险家。我这里根本没有探险家，勘察统计那些城市、山川河流、海洋和沙漠，这不是地理学家该干的事儿。地理学家身份特别重要，不能到处乱跑。他不能离开办公室，而是在办公室里接见勘察者和探险者，询问各种情况，把他们的回忆记录下来。他们当中如果有哪个

人的回忆引起地理学家的兴趣，他还得考察那个人的品德。”

“为什么考察人家的品德呢？”

“因为，一名勘察者或者探险家说了谎，会给地理学家的书造成灾难性的后果。嗜酒贪杯的探险家，也同样如此。”

“这是为什么呀？”小王子问道。

“因为醉鬼看东西是重影的，而地理学家记录下他的陈述，就会把本来只有一座山的地方写成两座山了。”

“我认识一个人，”小王子说道，“要他勘察准会坏事。”

“那很有可能。因此，即使探险家的品德看来不错，那还得调查他的发现。”

“去实地考察吗？”

“不，那就太麻烦了。只是要求那个探险家提供证据。例如，他发现了一座大山，那就要求他带回大块岩石。”

说到这里，地理学家忽然兴奋起来。

“对了，你来自遥远的地方！你是探险家呀！你那颗星球，向我描述描述吧！”

地理学家随即打开笔记本，还削尖了铅笔。他总是先用铅笔记录探险家们的口述，等他们提供了物证之后，他再用钢笔誊写出来。

“谈一谈吧？”地理学家说道。

“唔！我那星球，”小王子说道，“谈起来没有多大意思，就那么一点点大。我有三座火山：两座活火山和一座死火山。死火山还会不会喷发，很难说呀。”

“是很难说。”地理学家说道。

“我还有一朵花儿。”

“我们不记录花卉。”地理学家强调。

“为什么不记录呢！那可是最美的花儿！”

“因为花儿转瞬即逝。”

“‘转瞬即逝’是什么意思？”

“地理学著作是所有书籍中最严肃的书，永远也不会过时。一座高山，极少可能会移动位置。同样，一片海洋，也极少可能干涸。我们记载的是永世长存的事物。”

“可是，死火山还可能苏醒过来呢，”小王子打断地理学家，“‘转瞬即逝’究竟是什么意思啊？”

“火山，熄灭了也好，苏醒了也罢，在我们地理学家看来是一码事儿，”地理学家说道，“对我们来说，重要的是山，而山是不会移动位置的。”

“可是，‘转瞬即逝’到底是什么意思啊？”小王子一再追问，他素来如此，一旦提出一个问题，就绝不放弃。

“这就意味着受到威胁，即将消逝。”

“我那朵花儿也受到威胁，即将消逝吗？”

“当然了。”

“我的花儿转瞬即逝，”小王子心中暗道，“她只有四根刺儿保护自己，对付外界！而我竟然把她独自丢在家里啦！”

这是他离开家园后，头一次萌生悔意。不过，他还是鼓起勇气，问那位老先生：

“请您指点一下，我该去访问哪里呢？”

“去访问地球吧，”地理学家回答，“那颗星球名声不错……”

小王子又上路了，心中惦念着他那朵花儿。

第十六章

第七颗星球便是地球。

地球可不是一颗寻常的星球！地球上计有一百一十一位国王(当然也没有遗漏黑人国王)、七千位地理学家、九十万个商人、七百五十万名酒鬼、三亿一千一百万个自负者，也就是说，成年人大约有二十亿。

为了让你们对地球的大小有个概念，我要告诉你们，在发明电灯之前，六大洲要保持路灯照明，共需要四十六万两千五百一十一名点灯人，构成一支真正的大军。

稍微拉开点距离眺望，那场面蔚为壮观。这支点灯大军动作协调一致，类似歌剧院舞台上芭蕾舞的舞姿。首先登台的是新西兰和澳大利亚的点灯人队列，他们点亮路灯，然后就去睡觉。接着，中国和西伯利亚的点灯人上场了，舞罢同样退场，消失在幕后了。然后轮到俄国和印度的点灯人；接踵而来的是非洲与欧洲的点灯人、南美洲与北美洲的点灯人。一队接着

一队，按顺序出场，没有丝毫差错，形成波澜壮阔的宏伟场景。

只有北极的点灯人和南极的点灯人，过着懒散无聊的生活：南北两极各有一盏路灯，每年只需点亮两次。

第十七章

一个人想要风趣点的时候，说话往往有点失真。我对你们讲点灯人如何如何，就不大实事求是，很可能让那些不了解我们地球的人产生误解。其实，人类在地球上只占用很小的空间。二十亿人居住在这个星球上，他们若是像群众集会那样，密集地站在一起，一座长二十英里、宽二十英里的广场足能容得下。人类也可以全部聚在太平洋中最小的岛屿上。

当然了，那些大人是不会相信你们的。他们自以为占有很大地盘，自诩像猴面包树那样顶天立地，你们不妨建议他们算一笔账。他们非常崇拜数字，乐得去跟数字打交道。不过，你们可不要把时间浪费在这种无聊的事情上。毫无意义。你们尽管相信我好了。

小王子一登陆地球，便十分惊讶，没有见到一个人。他已经开始担心走错了星球，恰巧这时，忽见一只淡黄色的环形动物在沙子上蠕动。

“晚上好。”小王子礼貌地说了一句。

“晚上好。”一条蛇应声答道。

“我这是落到哪颗星球上啦？”小王子问道。

“落到地球上啦，这里是非洲。”那条蛇回答。

“啊！……地球上怎么一个人也没有哇？”

“这里是沙漠，沙漠里渺无人迹。地球大着呢。”蛇说道。

小王子坐到一块石头上，仰望天空。

“我在琢磨，”小王子幽幽地说道，“那些星星闪闪发亮，大概就是为了让每个人，有一天都能找到自己的那一颗。瞧啊，我的那颗，正好在我们头上……不过，距离可真远啊！”

“你那颗星很美，”蛇说道，“你到这儿来干什么呀？”

“我是跟一朵花儿闹了别扭。”小王子回答。

“哦！”蛇随口应了一声。

他们俩都沉默下来。

“人都在哪儿呢？”小王子终于又开口问道，“在沙漠里，总感到有点孤独……”

“在人类那里也同样孤独。”蛇说道。

小王子凝视这条蛇，好一会儿，才终于对蛇说：

“你这个动物样子好怪，身子就跟手指头一般细……”

“我比一位国王的手指头力量可大得多。”蛇答道。

小王子微微一笑：

“你有什么力量，连腿脚都没有……甚至都不能去旅行……”

“哎！我带着你去旅行，比一条船走得还要远。”蛇说道。

蛇往前一卷，就缠到小王子的脚踝上，好像戴了一只金镯子。

“土生土长的人让我碰到，我就准能送他回土里

去，”蛇又说道，“可是，你这么纯真，又来自一颗星星……”

小王子没有应声。

“你真够让我可怜的，你这么弱小，来到这个花岗岩的地球上。等哪天，你特别想念自己那颗星球的话，我就可以帮你。我可以……”

“唔！我完全明白你的意思，”小王子接口说道，“可是你讲起话来，为什么总像打谜语似的？”

“所有谜语，我都能给道破。”蛇回答。

他们俩又沉默下来。

第十八章

小王子穿越沙漠，只遇见一株花儿。那株花儿只有三片花瓣，是一朵很不起眼的小花儿。

“你好。”小王子说道。

“你好。”花儿回礼。

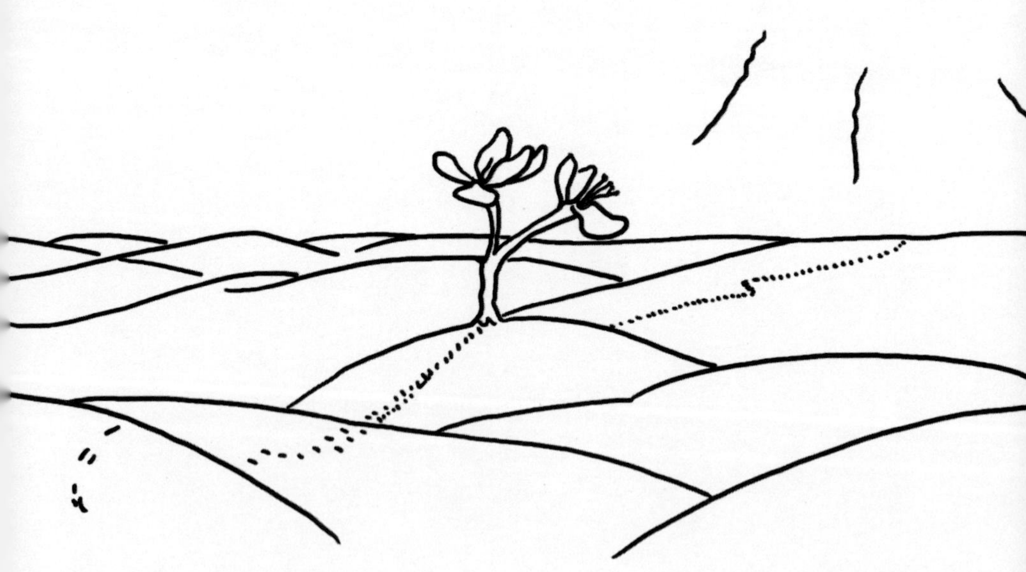

小王子非常有礼貌地问道：

“人都在哪里呢？”

从前，这朵花儿看到一支商旅经过，便答道：

“人吗？我以为，确实有那么六七个。好多年前，我见过他们。不过，天晓得去哪儿能找见他们。他们随风飘游，他们没有根，活得很累。”

“别了。”小王子说道。

“别了。”花儿也说道。

第十九章

小王子登上一座高山。有生以来他见过的山，只有他那颗星球上高不过膝的三座火山。其中那座死火山，他还用来当小凳坐。

“登上这样一座高山，”小王子不免想道，“整个星球和所有人，我就能一览无余了……”

不料，他什么也没有看到，满眼一片峻峭的山峰。

“你好。”他随意喊了一声。

“你好……你好……你好……”一连串回音响应。

“你是谁？”小王子问道。

“你是谁……你是谁……你是谁……”又是一连串回音。

“做我的朋友吧，我孤孤单单。”小王子又说道。

“我孤孤单单……我孤孤单单……我孤孤单单……”还是一连串回音。

于是，小王子想道：

“好古怪的星球，一片干旱，净是尖尖的山峰，空气充满咸味。人都缺乏想象力，只会重复别人对他

们讲的话……在我的家园，我好歹还有一朵花儿，她总是主动跟我说话……”

第二十章

小王子穿越沙漠，越过岩山和雪原，经过长途跋涉，终于发现一条大道。要知道，条条大道都通向人的聚居地。

他来到一座鲜花盛开的玫瑰园，便问候一声：

“你们好！”

“你好！”玫瑰花纷纷回答。

小王子注视着这片玫瑰花，觉得她们都像他那朵花儿。

“你们是谁？”小王子惊诧地问道。

“我们全是玫瑰花儿。”群芳回答。

“啊！”小王子只能发出这么一声感叹。

他感到自己非常不幸。他的花儿早先告诉他说，在整个宇宙中，她是花卉中独一无二的。可是，仅仅在一座花园里，就有五千朵花儿同她一模一样！

小王子心中暗道：

“眼前这种情景，我的花儿若是看到了，一定会气得要命，准要连声咳嗽个不停，也许还要寻死觅活，以免成为笑柄。而我呢，我还不得不佯装关心照顾她，否则的话，她就有可能真死给我看，好让我感到终生遗憾……”

继而，小王子心中又想：

“我本来以为自己富甲天下，拥有世间独一无二的花儿，而其实，我仅仅拥有一朵普通的玫瑰花。我的全部财富，不过是我那朵花儿，加上三座高不过膝的火山，其中一座也许还永远熄灭了。我就这么一点家当，没法儿成为一个有名的大王子……”

小王子想到这里，扑倒在地，失声痛哭了。

第二十一章

恰好这时，出现一只狐狸。

“你好。”狐狸问候道。

“你好。”小王子有礼貌地回答。他回过身去，却什么也没有看见。

“我在这儿呢，”那声音说道，“就在苹果树下……”

“你是谁呀？”小王子问道，“你好漂亮……”

“我是狐狸。”狐狸回答。

“过来跟我玩玩吧，”小王子提议，“我现在特别伤心……”

“我不能和你一起玩耍，”狐狸回答，“我不是驯养的动物。”

“哦！对不起。”小王子说道。

不过，他想了一下，又问道：

“‘驯养’是什么意思啊？”

“你不是本地人，”狐狸说道，“你来寻找什么？”

“我来寻找人类，”小王子回答，“‘驯养’是什么意思啊？”

“找人类啊，”狐狸说道，“他们可有枪，经常打猎。这就造成很大麻烦！他们也饲养母鸡。这是他们所做的唯一有意义的事。你找母鸡吗？”

“不是，”小王子回答，“我是寻找朋友。你说的‘驯养’究竟是什么意思？”

“这是一件早就被遗忘的事情，”狐狸解释道，“‘驯养’就意味着‘建立关系’……”

“建立关系？”

“没错，”狐狸说道，“对我而言，你还只是个小男孩，同千万个小男孩完全一样。我不需要你，你也不需要我。同样，对你而言，我还只是一只狐狸，和千万只狐狸也没什么两样。但是，如果你驯养了我，我们之间就会彼此需要。对我而言，你就是这世上唯一的了；对你而言，我也是这世上唯一的了……”

“我开始明白了，”小王子说道，“有一朵花儿……想必她就驯养了我……”

“这很可能，”狐狸说道，“形形色色的事情，在地球上都能看到……”

“哎！我跟花儿的事儿，不是发生在地球上。”小王子说明一句。

狐狸显得十分惊讶，问道：

“那是在另一颗星球上啦？”

“对。”

“你那星球上有猎人吗？”

“没有。”

“这可真太好了！有小鸡吗？”

“也没有。”

“就没有十全十美的事儿。”狐狸叹道。

这时，狐狸又回到自己的思路上来：

“我的生活非常单调乏味。我猎食小鸡，而人类猎杀我。所有的鸡都一模一样，所有的人类也都一模一样。我真的有点厌烦了。不过，如果你驯养了我，那么我的生活就会充满阳光。我就会熟悉一种与众不同的脚步声。我一听到其他人的脚步声，就赶紧钻回地洞里，而你的脚步声，犹如美妙的音乐，能把我从地洞里召唤出来。还有，你瞧！那边的麦田，你看见了吗？我不吃面包，小麦对我毫无用处。麦田不能让我想起任何东西。这还是挺可悲的！不过，你的头发是金黄色的，如果你驯养了我，那该有多美妙啊！小麦也是金黄色的，能让我想起你来。而且，我也会爱上那吹拂麦穗的风声……”

狐狸住了口，凝视小王子，许久才又说道：

“求求你了，驯养我吧！”

“我倒很乐意，”小王子回答，“但是我没有多少时间。我还要去发现朋友，去认识许多事物。”

“人类只能认识自己驯养的东西，”狐狸说道，“人类再也没有时间去认识什么了，他们只是去商店购买所需的成品。由于世上根本不存在经商的朋友，人类也就再也没有朋友了。你若想交个朋友，那就驯养我吧！”

“要我怎样做呢？”

“要非常有耐心，”狐狸回答，“你先离我远点，就像这样，坐在草地上。我斜着眼睛看你，而你一句话也不要讲，言语往往是误解的根源。不过，你坐的位置，每天都可以靠近我一些……”

第二天，小王子又来了。

“每天最好同一时间来赴约，”狐狸说道，“比如说，你下午四点钟前来，那么一到三点钟，我心里就开始喜悦，时间越临近，我就越欢喜。可是，到了四点钟，我就已经躁动不安了：我会发现获取幸福要付出代价！如果你来的时间一点准头也没有，我就始终不知道什么时候酝酿心情……必须遵守常规。”

“什么是常规呀？”小王子问道。

“这也是完全被人忘记的一件事，”狐狸答道，

“按照常规，某一天就不同于其他日子，某一时刻就不同于其他时间。例如，那些捕杀我的猎人就有一种常规：每星期四，他们就在村子里同姑娘跳舞。这样一来，星期四就是个美好的日子！我可以到处游荡，甚至跑到葡萄园里。假如猎人什么时候跳舞也没个准，那么天天都一个样了，我也就没有清闲的日子了。”

就这样，小王子驯养了狐狸。而小王子起程的时间也迫近了，狐狸说道：

“唉！我会哭的……”

“那怪你自己，”小王子说道，“当初我丝毫没有让你伤心的意思，是你要求我驯养你的……”

“当然是我要求的了。”狐狸答道。

“那你还要哭！”小王子又说道。

“当然要哭了。”狐狸答道。

“那你可一无所获呀！”

“我还是有收获的，”狐狸说道，“看到麦子的金黄色，我就会有感触。”

紧接着，狐狸又补充道：

“你再去看看那些玫瑰花儿吧。你会明白，你那朵玫瑰花儿在世上就是独一无二的。然后，你再回来同我告别，到时候，我要把一个秘密当作礼物送给你。”

小王子又去看望那些玫瑰花儿，对她们说道：

“你们根本不像我的那朵玫瑰花儿，你们还算不上什么。谁也没有驯养过你们，而你们也没有驯养过任何人。你们就像认识我之前的那只狐狸，那时它同世上千百万只狐狸毫无差异，但是跟我交上了朋友，现在就是世上独一无二的狐狸了。”

玫瑰花儿听了小王子的这番话，都显得非常尴尬。于是，小王子又继续说道：

“你们都非常美丽，但是你们很空虚，没有人能为你们舍命去死。至于我的那朵玫瑰，一个寻常的过路人见了，当然会认为她很像你们。然而，她单独一枝花儿，比你们所有花儿加在一起还胜出一筹，只因我给她浇过水，只因我用玻璃罩呵护她，只因我用屏风给她挡过风，只因我为她杀死过毛毛虫（只留两三条，容其化为蝴蝶），只因我听过她抱怨，听过她自我标榜，有时甚至倾听她的沉默。总之，就因为她是我的玫瑰。”

小王子又回来向狐狸道别，他说道：

“别了！”

“别了！”狐狸答道，“我的秘密告诉你，说起来非常简单：人只能用心去观察。本质的东西，眼睛是看不到的。”

“本质的东西，眼睛是看不到的。”小王子跟着重复一遍，以便牢记在心。

“为了你的那朵玫瑰花儿，你是花费了时间和精力，她对你就变得非常重要了。”

“为了我的那朵玫瑰花儿，我是花费了时间和精力……”小王子又重复一遍，以便牢记在心。

“人类已经忘记了这个真理，”狐狸说道，“你可不应该忘记。你经手驯养过的，就要永远负责。你要尽心尽责对待你那朵玫瑰……”

“我要尽心尽责对待我那朵玫瑰……”小王子又重复一遍，以便牢记在心。

第二十二章

“你好。”小王子说道。

“你好。”扳道工回应。

“你在这里干什么呢？”小王子问道。

“我正在调度大批大批的旅客，”扳道工回答，“一列列火车，我时而发往右边，时而发往左边。”

这时，一列灯火通明的快车疾驰而过，发出隆隆的雷鸣之声，震得扳道工的小木屋乱颤。

“他们这么匆忙赶路，去寻找什么呀？”小王子问道。

“开火车的司机也不知道。”扳道工回答。

第二辆灯火通明的快车又从相反方向呼啸而过。

“他们已经回来啦？”小王子问道。

“那不是同一列火车。”扳道工解释说，“那是对开的另一列火车。”

“他们不喜欢待在那个地方啦？”

“人待在哪里，也从来没有满意的时候。”扳道工答道。

这工夫，第三列灯火通明的快车又雷鸣般隆隆驶过。

“他们是追赶第一列火车上的旅客吗？”小王子问道。

“他们什么也不追赶，”扳道工答道，“他们在车厢里，不是打哈欠就是睡觉。只有孩子们脸贴着车窗，挤扁了鼻子向外张望。”

“也只有孩子们才知道自己要寻找什么，”小王子说道，“他们为一个布娃娃花费了时间，这个布娃娃就变得非常重要，如果被人夺走，他们就会大哭起来……”

“孩子们真有福分啊。”扳道工感叹一声。

第二十三章

“你好。”小王子向人问候。

“你好。”商人回应。

这名商人推销一种精制的止渴丸。只要吞服一粒，一星期都不会感到口渴。

“你为什么卖这种东西呢？”小王子问道。

“为了大大节省时间啊，”商人回答，“专家计算过，每星期能节省出五十三分钟。”

“节省出五十三分钟做什么用呢？”

“想做什么就做什么呀……”

“这五十三分钟，”小王子说道，“如果给我用，那我就慢悠悠地走向一个饮水池……”

第二十四章

这是飞机发生故障、我被困在沙漠的第八天，我听着小王子讲述卖止渴丸的商人的故事，喝完了最后一滴所带的饮用水。

“哦！”我对小王子说，“你回忆的这些事都很动人。不过，我的飞机还没有修好，已经没有水喝了，若能慢悠悠地走向一个饮水池，我也非常高兴啊！”

“我那狐狸朋友……”小王子又提起话头。

“我的小伙伴，现在不是讲那只狐狸的时候！”

“为什么？”

“因为人都要渴死了……”

他不明白我这种推理，便回答我说：

“人即使要死了，有个朋友终归是件好事。我呢，有过一个狐狸朋友，心里就挺知足……”

“他一点也没有危机意识，”我心中暗道，“他本身从来不饿也不渴，照见点阳光就能生存……”

然而，他瞧了我一眼，便针对我的想法回答：

“我也渴了……我们去找一口水井吧……”

我无可奈何地打了个手势：在茫茫沙漠中，漫无目标，就去寻找一口水井，实在荒唐可笑。不过，我们还是上路了。

我们默默无语，走了好几个小时，看着夜幕降临，天上的星星也开始闪烁了。我焦渴难耐，有点发烧，望见星星如临梦境。小王子的话语在我头脑里跳跃。

“怎么，你也会渴吗？”我问小王子。

然而，他并不回答我的问题，只是对我说：

“水对心灵可能同样有益……”

我不明白他的答话，就不作声了……我早就明白问他也是白问。

小王子走累了，坐了下来。我也坐到他身边。沉默片刻之后，小王子又说道：

“那些星星真美丽，就因为有一株我们看不见的花儿……”

我应了一声：“当然了。”随即就无语了，眼睛凝望着月光下沙子的波纹。

“沙漠真美啊！”小王子又补充一句。

的确如此。我一直就喜爱沙漠。你坐在一座沙丘上，什么也看不见，什么也听不到。然而，总有什么东西在幽寂中闪闪发亮……

小王子又说道：

“沙漠显得这么美，正是因为在什么地方隐藏着一口水井……”

我惊讶不已，猛然领悟了这沙漠的神秘光辉。我小时候住在一座古老的宅子里，传说那宅子埋藏了一批财宝。当然，那批财宝，谁也没有发现，也许压根儿就没有人找过。但是，这种传说却给整个古宅罩上一层迷人的色彩。我的住宅深藏着一个秘密……

“是啊，”我对小王子说道，“无论房屋、星星还是沙漠，都是看不见的东西给增添了美色！”

“我很高兴，你能赞同我那狐狸朋友的看法。”小王子说道。

小王子睡着了，我就抱着他继续赶路。我心里挺激动，就觉得自己抱着一件容易毁损的宝物，甚至觉得这是世上最娇贵易碎的东西了。我借着月光端详这

苍白的额头、紧闭的双眼，在微风中抖动的发绺，心中不禁想道："我看到的不过是一个躯壳。最重要的却看不见……"

忽见小王子嘴唇微微张开，泛起一丝笑意，我不禁又想道：

"这个熟睡的小王子最让我感动的就是他忠于一朵花儿；而那朵玫瑰的形象，即使在他睡觉的时候，也如一盏明灯照亮他的心田……"

而我猜想他还要娇弱得多，就像油灯必须用心保护，一阵风就可能吹灭。

我就这样抱着小王子，边走边想，拂晓时分，终于发现那口水井。

第二十五章

“人类啊，”小王子说道，“都挤进快速火车的车厢里，却不知道自己要追寻什么。因此，他们就躁动不安，在原地打转……”

接着，他又补充一句：

“实在不值得……”

我们找见的这口水井，根本不像撒哈拉沙漠中的井。撒哈拉沙漠中的井只是单纯在沙子中挖掘的深洞。这口井倒像村庄的水井。然而，这里没有一点村庄的影子，我真以为是在做梦。

“多奇怪呀，”我对小王子说，“什么都齐备：辘轳、水桶、井绳，应有尽有……”

小王子笑着，摸摸井绳，又转转辘轳。

辘轳吱吱呀呀作响，好似一个老风向标，在没风的天沉睡了许久。

“你听见了吗？”小王子说道，“我们唤醒了这口水井，它就唱起来了……”

我不愿意让小王子累着。

“我来干吧，”我对他说，“这活儿太重，你受不了。”

我缓慢地把水桶摇到井沿儿，拉上来稳稳放到井台上。辘轳的歌声萦绕在我的耳畔，在桶里颤动的水中，我看见颤动的太阳。

“我渴了，想喝这井水，”小王子说道，“给我喝吧……”

我明白了他寻求什么！

我拿起水桶，送到他嘴边。他闭上眼睛喝起来，像过节一般喝得那么甜美。这井水非寻常食物可比，这是我们在星光下长途跋涉之后，在辘轳的歌声中，由我双臂用力打上来的井水。这井水宛如一件礼物，能够滋润心田。同样，在我童年的岁月里，圣诞树的彩灯、午夜弥撒的音乐、亲人甜蜜的微笑，都使得我收到的圣诞礼物熠熠生辉。

“你这里的人，”小王子说道，“在一座院子里栽植了五千株玫瑰……而他们在那里，却找不到他们寻求的东西……”

“他们是找不到……”我附和道。

“其实他们所寻求的，很可能就在一朵玫瑰花儿上，或者在一点点水里……”

“当然了。”我又附和道。

小王子又补充一句：

“不过，眼睛是盲目的。必须用心去寻找。”

我喝足了水，呼吸畅快多了。在旭日的光辉中，沙漠呈现蜂蜜的颜色。我看到这蜂蜜的颜色，同样感到十分欣悦。我为什么非得着急上火呢……

“你得信守诺言啊。”小王子慢声细语，对我说道，他又挨着我坐下了。

“什么诺言？”

“你知道……就是给我的小绵羊画一个嘴套，我得负责保护那朵花儿！”

我从口袋里掏出我的绘画草图。小王子一看，便笑着对我说：

“你画的猴面包树，有点像卷心菜呀……”

“哦！”

我还那么得意，画出了猴面包树！

“瞧你画的狐狸……它的耳朵……有点像两只角……画得也太长啦！”

小王子又笑起来。

“你这么说不公平，小家伙，我本来就只会画蟒蛇的平面图和蟒蛇的透视图。”

“唔！这样也行，”小王子说道，“孩子们看得懂。”

于是，我用铅笔画了一个嘴套，递给他时，心里忽然一阵难受，便问道：

“你有什么打算，我还不知道呢……”

但是他没有回答我的问话，只是对我说道：

“要知道，我降落到地球上……到明天就是一周年了……”

接着，小王子沉吟了一下，又说道：

“当时，我就降落在这附近……”

说罢，他的脸就红了。

我却不知道为什么，又感到一种莫可名状的忧伤。这时，我头脑里又出现一个问题：

“这么说，八天前的那个早晨，我遇见你时，你独自一人在远离人烟的沙漠上那样游荡，并不是偶然的啦！你那是正在返回当初的降落地点吧？”

小王子脸又红了一下。

我略微犹豫，又补充道：

“也许是因为，快到一周年了吧？……”

小王子再次脸红了，他从来不回答别人的问话，但是，一个人脸红了就意味着默认“是的”，对不对？

“噢！”我对他说道，“我真担心……”

然而，小王子却截口说道：

“现在，你该去干活了。你应该回去修你的飞机。我在这里等着你。明天晚上你再回来……”

可是，我心里并不踏实，想起了小王子同狐狸离别的情景。如果跟谁亲近了，分手时难免要流泪伤心……

第二十六章

那口水井旁边，有一段坍塌的旧石墙。第二天傍晚，我修好飞机返回时，远远望见小王子坐在墙头上，双腿耷拉在半空。我还听见他在同谁说话：

“你怎么就不记得啦？绝不是这个地方！”

肯定另有一个声音回答了他，因为他又进行反驳：

“不对！不对！日子没错，但是地点，却不是这儿……”

我一直朝那堵石墙走去。同小王子对话的是谁，我既没有看见人影，也没有听见声音。可是，小王子又反驳道：

“当然了。你会看到我在沙漠的足迹是从哪儿开始的。你只要在那儿等着我就行了，今天夜里我肯定去。”

离那堵墙还有二十米了，我始终没有瞧见那个对话者的身影。

小王子沉吟了一下，又说道：

“你的毒液毒性很大吧？肯定不会让我长时间地痛苦吧？”

我停下脚步，只觉心如刀绞，但始终不明白是怎么回事儿。

“现在你走吧，”小王子说道，“我要下来了！”

这时，我垂下目光，移向墙根，不禁纵身一跳！墙根有一条黄色毒蛇，三十秒钟就能让人毙命。它正竖起脑袋对着小王子！我赶紧跑过去，一边从口袋里掏出手枪，而那毒蛇听见我的响动，便悄悄从沙地溜走，宛若消失在沙中的一小股喷泉，它不慌不忙地钻进石缝中，发出轻微的金属般的声响。

我及时赶到石墙，张开双臂正好接住小王子，只见小家伙脸色跟雪一样煞白。

“你这是搞什么名堂啊？现在竟然跟毒蛇聊起天啦！”

我解开他一直围住脖颈的金色围巾，弄湿后润一润他的太阳穴，还给他喝了点水。现在，我不敢再问他什么了。他一脸严肃，注视着我，两胳臂搂住我的脖子。我感到他的心在剧烈跳动，好似中了枪弹要死去的小鸟。他对我说：

“我很高兴你排除了机器故障。你可以驾驶飞机回家了……”

“你是怎么知道的？”

本来我正想告诉他，我连想都不敢想，飞机一下子就修好了！小王子根本不回答我的问话，而是补充一句：

“我也一样，今天要回家了……”

继而，他声调忧伤地说道：

“我回家的路远得多……也更加艰难……”

我明显感到，发生了一个非同寻常的事件。我像抱着婴儿那样紧紧搂住他，可是我觉得他正垂直滑向一个深渊，而我怎么也抱不住……

他那严肃的目光，迷失在遥深的夜空。

“我有了你画的绵羊。还有圈羊的箱子。还有给羊戴的嘴套……”

小王子说着，忧伤地微微一笑。

我等了很久，才感到他的身子渐渐暖和过来了：

“小家伙，刚才你受惊了……”

他受惊了，毫无疑问！然而，他却轻轻笑起来：

“今天晚上，还有我更怕的呢……”

我再次感到不寒而栗，是一种无法挽回的感觉。而我当即明白，一想到再也听不到这笑声，我都无法容忍。对我来说，这笑声好比沙漠中的一眼清泉。

“小家伙，我还愿意听见你的笑声……”

小王子却对我说：

“今天夜晚，就是一年了。我那颗星就要转到去年我降落的地点的正上方……”

“小家伙，关于什么蛇，什么约会，还有那颗星星，这场事儿，恐怕是一场噩梦吧，对不对？……”

小王子还是不回答我的问话，只是对我说：

“真正要紧的东西，眼睛是看不见的……”

“当然了……”

“就像我的那朵花儿那样，如果你爱上远在某个星球上的一朵花儿，那么到了夜晚，你仰望夜空就会感到心里无比甜美：所有的星星都绽放了花朵。”

“当然了……”

“再比如说水吧。你给我喝的水，由于有了辘轳

和井绳，就跟音乐一样美妙……你还记得吧……那水多甜美。”

“当然了……”

“夜晚，你仰望星空，我那颗星球太小了，我没法指给你看在哪儿。这样更好，在你看来，我那颗星就是繁星中的一颗，这样一来，你就爱看所有星星了……这些星星全都是你的朋友了。还有，我要送给你一个礼物……”

小王子又笑起来。

“嘿，小家伙，小家伙，我真爱听你这笑声！”

“这正是我要送给你的礼物……这也跟水一样……”

“你要说什么？”

“星星对每个人都不一样。在旅行者的眼里，星辰能指引方向。在其他人看来，星星不过是闪烁的微光。对那些学者来说，星球是研究的课题。而对于我遇见的那个商人，星星就是黄金。不过，对于所有这些人，所有星星都是沉默的。可是，你拥有的星星，跟别人的都不一样……”

“你要说什么？”

“以后你再遥望夜空的时候，由于我住在一颗星球上，由于我在那星球上发出笑声，那么在你看来，所有星星都满载笑意。你将拥有能欢笑的满天星星！”

小王子又咯咯笑起来。

“还有，在你感到欣慰的时候（时间会抚平所有伤痛），你就会因为认识了我而高兴。你永远都是我的朋友。你会乐意同我一起欢笑。你会时常打开窗户，就是为了这样寻开心……你望着星空哈哈大笑，让你的朋友见了都非常诧异。你就对他们说：‘不错，天上的星星总能逗我笑！’而你那些朋友就会以为你是神经病。这正是我给你策划的一个小小的恶作剧……”

小王子说着，又咯咯笑起来。

“这样，我送给你的就不是满天星星，而是能发出笑声的无数小铃铛……”

小王子笑个不停。继而，他的表情才重新严肃起来，说道：

“你也知道……今天夜里……你就不要去了……”

“我绝不会离开你。”

“到时候，我的表情一定很痛苦……有几分要死的样子。离别就是这样。这种情景，你别去看了，实在没有必要……”

“我绝不会离开你。”

这时，小王子显得忧心忡忡。

“我对你这样讲……也是那条蛇的缘故。别让蛇咬了你……蛇，总是很凶的。可能拿咬人当乐子……”

“我绝不会离开你。”

小王子忽然想到什么事，便放下心来：

“对了，蛇再咬第二口的时候就没有毒液了……”

这天夜里，小王子上路时没让我看见，他悄无声息就溜走了。

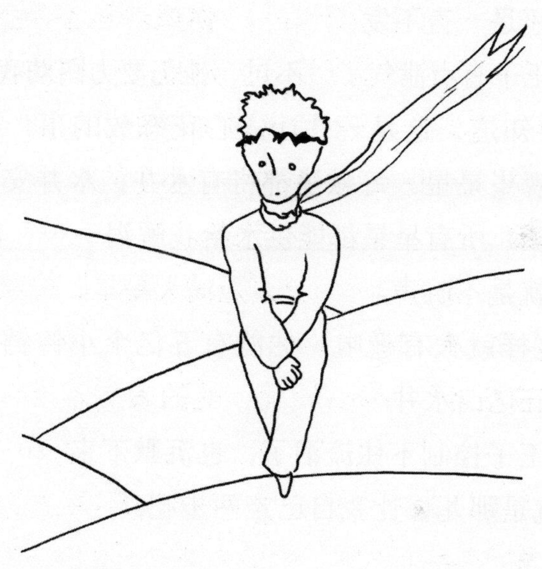

我急忙追赶，终于追上时，他还毅然决然往前走，步子非常快，只对我说了这么一句：

“哦！你来了……”

小王子拉住我的手，但他还是过意不去：

“你真的不该来。你看了会难过的，我就像要死了的样子，可那不是真的……”

我一直沉默不语。

“你应该理解。路途太遥远了。这副躯壳太沉重了，我不可能带着上路。”

我依然不吭声。小王子又说道：

“要丢弃的就是一副旧躯壳，丢弃了就丢弃了，没什么可伤心的……”

我还是一言不发。

小王子有点泄气了，不过，他仍要力图劝我一下：

“要知道，这是一件让人心花怒放的事。我也一样，要观望星星。每颗星都将有水井，水井安着上了锈的辘轳。所有星星都能供水给我解渴……”

我就是不吭声。

“这样就太有趣啦！你能有五亿个小铃铛。而我也会有五亿口水井……”

小王子控制不住流泪了，也沉默下来……

“就是那儿，让我自己走两步吧。”

小王子一屁股坐下，他害怕了。不过，他还是说道：

“你也知道 我那朵花儿……我要为她负责啊！她那么娇弱，又那么天真。她有根本不顶事儿的四根刺，还以为能保护自身，对付外界……”

我也一屁股坐下，两条腿实在站不住了。

小王子最后说了一句：

“就是这样……到此为止吧……”

他还犹豫了一下，随即又站起来，迈出一步。而我，已经动弹不得了。

只见他脚踝旁边一道黄光闪动，一时间他僵立不动，但是他没有叫喊，而是像一棵被砍伐的树那样，缓慢地倒下去。由于倒在沙地，甚至没有发出一点声响。

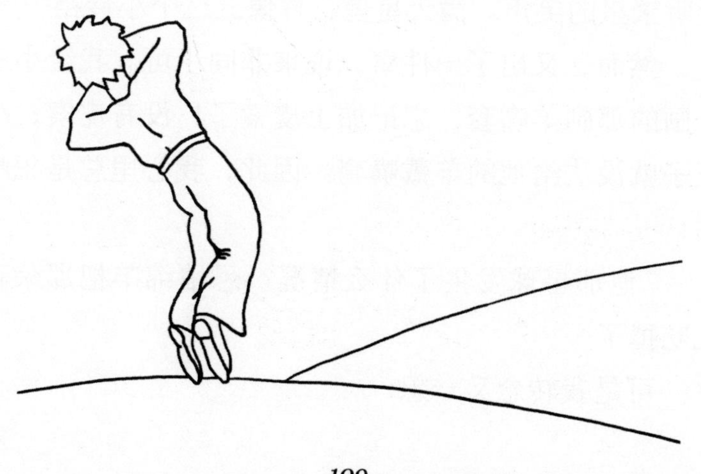

第二十七章

当然，现在说起来，已经是六年前的事儿了……

小王子这个故事，我还从来没有向人讲述过。同事们见我安然无恙归来，都非常高兴。回来后我眉头不展，黯然神伤，但对同事们就推说：“我累坏了……”

现在，我忧郁的心情稍有缓解，也就是说……还没有完全振作起来。我当然知道，小王子回到了他那颗星球，因为天亮时，我并没有发现他的遗体。按说，他那小小的躯体并不怎么重……每天夜晚，我都爱听繁星的笑声。满天星星，真像五亿个小铃铛……

然而，又出了一件事，说来非同小可。我给小王子画的那副羊嘴套，忘记加上皮索了！没有皮索，小王子就没法给他的羊戴嘴套。因此，我心里总是犯嘀咕：

“他那星球发生了什么情况？恐怕绵羊把那朵花儿吃掉了……”

可是我转念又一想：

“肯定不会，小王子每天晚上都拿玻璃罩将他那朵花儿罩起来，他也会看管好他那只羊……”这样一想，我就又高兴起来，再看所有星星都展露轻盈的笑容。

有时，我又想道：

“人总有那么一次半次疏忽大意，事情也就糟了！说不定哪天晚上，小王子忘了把花儿罩住，或者那只绵羊夜里偷偷溜出来……”这样一想，所有那些小铃铛都化为眼泪了！……

这正是一个极大的奥秘。假如说不准在什么地方，有一只我们不认识的绵羊，它吃掉还是没有吃掉一朵玫瑰花儿，这在我看来，也在你们这些同样喜爱小王子的人看来，整个宇宙就大不一样了……

请你们仰望天空，发出疑问：“那只绵羊吃掉还是没有吃掉那朵花儿呢？”你们就会看到，天地万物会随之变化……

然而，任何大人都永远也理解不了，这个问题有多么重要！

这张图画，在我看来，画出了最美而又最凄凉的景色。这跟前一幅图画景物相同，但是我又画了一幅，以便更好地向你们展示，小王子正是降临在这个地方，尔后又消失了。

仔细看一看这幅图画吧，以便日后去非洲旅行，来到这片沙漠，能有把握认出这个地点。还有，如果你恰巧经过这里，我就恳求你们，千万不要匆匆走过，务必在这颗星下等一等！假如有个小男孩朝你们走来，假如他一头金发，总是咯咯笑，不回答别人的问话，那么你准能猜出来他是谁。果真如此，你们一定要想着我点儿，赶快写信告诉我，小王子回来了，不要让我这么苦苦思念了……

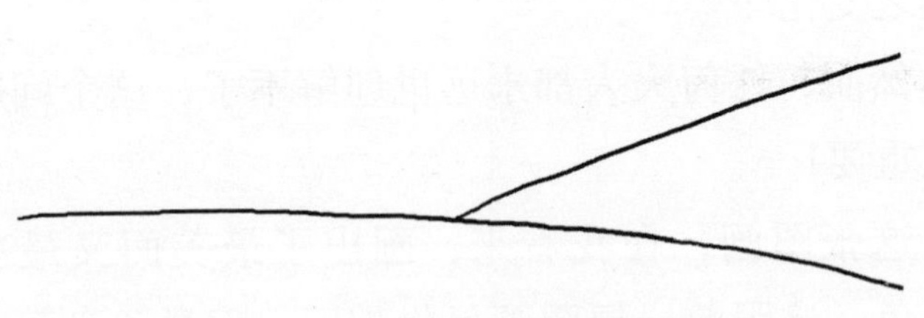

——全书完——